나는
괜찮은 사람
입니다

내려놓고
인정하고
나를 사랑하는 법

나는 괜찮은 사람입니다

법륜 지음

정토출판

책머리에

존재하는 모든 것은 다 ___ 소중합니다

여러분은 지금 이 순간 행복한가요? 만약 행복하지 않다면 그 이유는 무엇일까요?

많은 사람들이 제게 와서 괴롭다고 말합니다. 또 자기가 문제가 많다고 말합니다. 그런데 제가 보기에는 아무 문제가 없어 보입니다. 사람들은 본인이 원해서 지금 이런 삶을 살고 있으면서도, 그 누구 때문에 또는 그 무엇 때문에 괴롭다고 말합니다. 심지어 자기 자신에게 실망하고 자신을 자책합니다.

자기 자신에게 실망한다는 것은 자신을 너무 높이 평가한다는 뜻이에요. '나는 이런 사람이 되어야 해!'라고 너무 크게 그려놓은 환상 속의 자기가 현실에 있는 자신을 보면 초라하고 한심스러워 실망하게 됩니다. 그래서 대부분의 사람들은 이를 극복하고자 현실 속의 자신을 환상에 맞춰 끌어올리려고 노력합니다. 그러면 죽을 때까지 노력해도 달성할 수가 없습니다.

또 사람들은 끊임없이 남과 비교합니다. 이때 자기보다 나은 사람과 비교해서 자신을 상대보다 부족하다고 생각하면 마음이 위축되고 비굴해지고, 반대로 자신이 낫다고 여기면 교만해집니다. 이는 남보다 낫고자 하는 상대적 욕구일 뿐입니다.

그러면 어떻게 해야 이 괴로움에서 벗어날 수 있을까요?

첫째, 자기 자신을 소중하게 여길 줄 알아야 합니다. 그러기 위해서는 이 환상 속의 자기를 버려야 해요. 현실에 존재하는 자신은 있는 그대로 소중한 존재입니다. 지금 이대로 소중한 사람이기 때문에 자신을 함부로 여기면 안 됩니다. 이렇게 내가 지금 이대로도 괜찮다는 것을 알게 되면 얼굴이 밝아지고 당당해집니다.

둘째, 자기가 아무것도 아니라는 사실을 알아야 합니다. 인생을 굉장한 것처럼 생각하고 너무 많은 의미를 부여하는 것은 사실이 아닌 과대망상입니다. 우리는 모두 길가에 피어난 풀 한 포기와 같은 존재일 뿐입니다.

내가 이 세상에서 가장 소중한 존재인 동시에 길가에 핀 풀 한 포기와 같은 아무것도 아닌 존재라고 말하면, 이 둘은 모순이고 정반대인 것 같지만 그렇지 않습니다. 세상에 존재하는 모든 것은 다 소중합니다. 길옆에 핀 풀 한 포기도, 숲에서 사는 다람쥐도, 사람도 다 소중한 존재인 것입니다. 동시에 나의 존재가 길가의 풀 한 포기, 숲에서 사는 다람쥐 한 마리와 같다는 의미입니다.

이러한 인식을 바탕으로 여러분이 생활해 나가야 우월의식이나 열등의식에 빠지지 않게 됩니다. 또 교만해지거나 비굴해지지 않게 됩니다. 겸손하되 당당한 삶을 살게 됩니다. 또한 지금 여기, 이 자리에서 내 삶의 순간순간을 소중하게 여기고 입가에 미소를 띠며 행복하게 살아갈 수 있습니다.

내가 한 포기 풀처럼 평범한 사람이라는 것을 자각하면, 살아있는 것만으로도 행복할 수가 있습니다. 그렇지 않으면 행복이라는 신기루를 좇느라 정작 죽을 때까지 행복은 누려보지 못하고 행복만 구하다 평생을 괴로워하며 생을 마치게 됩니다.

행복은 언젠가 미래에 내 손에 잡히는 것이 아니라 지금 여기, 나에게 있습니다. '지금 여기', 이 자리에서 내가 행복을 누리며 살고 있다는 사실을 자각한다면, 바로 괴로움에서 벗어나 행복하게 살 수 있습니다. 여러분 모두 그렇게 행복하게 사시길 바랍니다.

2020년 11월

법륜

차례

책머리에 4

1 ___ 환상 속의 나

처음 결심을 끝까지 유지하고 싶어요 14
군것질하는 습관을 고치고 싶어요 19
여자 친구와 자꾸 싸워요 24
남들과 비교하면 제 자신이 초라해져요 29
외로움은 어떻게 극복할 수 있나요 34
행복하게 살고 싶어요 39
부족한 내 모습을 자책하게 됩니다 44
상급자가 자꾸 괴롭힙니다 49
엄마가 원망스러워요 54
모태솔로에서 벗어나고 싶어요 60
우울증이 심합니다 64
부모님의 기대가 너무 커요 73
인간관계가 어려워요 76
엄마가 동생에게만 관심을 가져요 80
남의 눈치를 자꾸 봅니다 86

2 ____ 관점 바꾸기

친구가 너무 잘난 척해요 94

실수를 반복할 때마다 저를 다그칩니다 100

제대 후 생활이 막막해요 106

부모님과 소통이 안 돼요 112

아빠 같은 남자는 만나고 싶지 않아요 116

상사가 쓸데없는 일을 자꾸 시켜요 121

여자 친구와 헤어져서 괴롭습니다 126

시한부 선고받은 어머니,
슬픔을 주체하지 못하겠어요 134

불교 공부를 해도 왜 좋아지지 않을까요 138

리더십이란 무엇일까요 142

자존감이 낮아요 146

헤어진 남자 친구의 폭언이 자꾸 떠올라요 152

취준생, 사람을 만나는 게 두려워요 158

'너는 괜찮아'라고 위로받고 싶어요 163

3 ___ 지금 이 순간을 산다는 것

어릴 때부터 출발선이 다른 게 안타까워요 170

나의 정체성을 찾는데 역사가 왜 중요한가요 176

성급한 연애, 욕망을 어떻게 해야 하나요 182

일상적인 대화를 편안히 하고 싶어요 187

입대하기가 두렵습니다 190

작심삼일에서 벗어나는 방법 194

성욕이 너무 강해서 고민입니다 200

비정규직 문제, 어떻게 봐야 할까요 206

명상을 하면 어떠한 장애도 극복할 수 있나요 213

'코로나19 시대'를 극복하는 지혜는 216

눈치 안 보고 사는 방법이 없을까요 222

4차 산업혁명, 어떻게 준비해야 할까요 230

자기 좋을 대로 사는데 왜 괴로울까요 234

부모님이 반대하는 연애를 하고 있어요 238

변화하는 미래 사회, 어떻게 대처할까요 242

이것이 없으면 저것도 없다 248

4 ___ 선택과 책임 사이에서 찾은 행복

결혼을 앞두고 책임감 때문에두려움이 생깁니다 258

학생인데 진로가 고민입니다 264

죽음이 두려워요 270

상대의 단점을 보면 고쳐주고 싶어요 276

그 사람을 잊을 수가 없어요 280

직장 생활이 힘들면 어떡하죠 286

투표한다고 세상이 바뀔 수 있을까요 292

놀면 불안하고, 일하면 힘들어요 298

남자 친구 몰래 다른 남자를 만나요 302

명상을 하면 상처가 치유되는 이유 308

인정받고 싶은 욕구가 강해요 314

사랑은 무엇인가요 318

사람을 만날 때 어느 정도로 마음을 열어야 할까요 322

남을 사랑하는 일이 왜 나를 위하는 일인가요 327

편집후기 332

1

환상 속의 나

처음 결심을 끝까지 유지하고 싶어요

"지금은 이등병입니다만, 전역하고 나면 좋은 학교로 편입도 하고 효도도 하고 소홀했던 사람들에게 더 관심을 갖는 등 군대를 인생의 전환점으로 삼고 변화할 생각입니다. 그런데 고참이나 전역자들 말로는 계급이 높아지면 군대 오기 전으로 되돌아간다고 하는데, 지금 저의 이 마음이 변하지 않을 방법을 알고 싶습니다."

"지금 여기서 부모님께 효도해야지, 공부해서 좋은 학교 가야지 하는 생각은 모두 번뇌일 뿐입니다. 이런 생각은 본인에게 아무 도움이 안 됩니다.

여러분이 중고등학생 시절 시험 칠 때 항상 다음부터는 벼락치기 공부 안 하고 미리미리 공부하겠다고 다짐하지만, 시험이 끝나면 어떻게 했나요? 그런 마음은 온데간데없고 다음 시험 역시 똑같이 되지요. 방학 때에도 늘 야심차게 공부 계획을 짭니다. 하지만 며칠도 못 가서 친구가 찾아 오면 놀아 버립니다. 그리고 원래 30일 공부 계획에서 5일을 빼고 25일로 바꿉니다. 그리고 며칠 뒤에 친구랑 또 놀고, 공부 계획을 다시 20일로 바꿉니다. 결국 개학이 되면 계획된 공부는커녕 방학 숙제도 다 못 해서 남의 것 베껴가기도 바쁘잖아요. 이게 우리 인생이에요. 늘 그렇게 반복합니다.

그렇기 때문에 '나중에 뭐 해야지' 하는 생각은 중요하지 않아요. 그런 생각은 다 내려놓으세요. 전역한 뒤에 부모님께 효도하겠다는 생각을 실천하려면, 지금 군대 생활에 충실해야 해요. 현재 하고 있는 일에 충실할 수 있으면, 나중에 제대해서도 내가 생각하는 그 일을 충실하게 해낼 수 있습니다.

제가 중학교 때에 이루고 싶은 꿈이 있어서 열심히 공부했어요. 그 당시에 혼자서 자취를 했는데, 연탄불 아끼려고 연탄 하나로 이틀씩 불을 땠어요. 그러면 방이 너무 차가워져서 이불 깔아 놓은 곳만 조금 따뜻하고 방 안은 매우 추웠어요. 책상 앞에 앉아 있으면 추우니까 이불 속에 발을 넣고

엎드려서 공부하다 보면 깜빡 잠이 들어버려요. 이불 속에 발을 넣을 때는 절대로 안 자겠다고 다짐하지만 엎드려서 공부하다 보면 어느새 자게 되고, 결국엔 이게 반복이 되는 거예요. 그래서 제가 벽에다가 이렇게 써서 붙였어요.

'내가 원하는 미래의 희망을 달성하는 길은 지금 이불 밑에 발을 넣지 않는 것이다.'

20~30년 후의 목표를 달성하려면, 지금 내가 이불 속에 발을 넣어서는 안 된다는 것부터 시작해야 해요.

불가에서는 '조고각하照顧脚下, 너의 발밑을 보라'고 합니다. 이 말은 깨달음이 이러니저러니 허황한 소리 하지 말고, 지금 깨어있으라는 거예요. 댓돌 위에 발을 올려놓을 때도, 깨어 있으면 신발을 가지런히 벗을 것이고, 마음이 다른 곳에 가 버리면 신발이 흐트러지겠죠. 왼발을 내디딜 때는 왼발에 깨어 있고, 오른발을 내디딜 때는 오른발에 깨어 있으라는 겁니다.

질문하신 분은 내가 지금 군대 생활에 충실한지 한번 점

검해 보세요. 그것이 되면 제대하고 나가서 편입하는 것도 가능하고, 부모님께 효도하는 일도 가능합니다. 하지만 지금 여기 군대에 있으면서, 오늘 결심한 일이 내일 실행되지 않으면 앞으로도 마찬가지예요. 앞으로 전역하면 어떤 일들을 하겠다고 이야기해봤자 꿈같은 소리일 뿐입니다.

지금 할 일은 내가 처한 생활에 충실할 수 있는지 지켜보는 거예요. 생활관에서 청소할 때도 남보다 조금이라도 더 하게 되는지 돌아보세요. 그것이 되면, 나중에 군대를 마치고 나가서도 본인이 생각하는 그 원을 달성할 수 있습니다."

군것질하는 습관을 고치고 싶어요

“고등학교 자퇴 이후 집에 있는 시간이 많아지면서 수시로 군것질을 하게 됩니다. 자꾸만 음식으로 향하는 마음을 다른 활동으로 돌아보려고 해도 쉽지가 않습니다. 군것질을 줄이려면 아예 집 밖으로 나가야 할 텐데, 요즘은 코로나19 때문에 갈 곳도 없어요. 아무래도 음식 중독인 것 같은데, 고치는 방법을 꼭 알고 싶습니다.”

“욕구불만이 음식 쪽으로 가서 일어나는 현상이에요. 우선은 음식 생각이 날 때, 시선을 다른 곳으로 돌려보세요. 예를 들면, 음식을 먹고 싶다는 욕구에 끌려가지 말고 운동을 통해 해소해 보는 거예요. 집안에 운동기구를 갖다 놓고 운동을 해도 좋고, 바깥에 나가 걷거나 뛰는 것도 좋아요. 이렇게 해서 생각을 다른 데로 돌려보세요. 이것이 먹고 싶은 욕구에서 벗어나는 첫 번째 방법이에요.

두 번째 방법은 이걸 피하지 말고 관찰하는 거예요. '먹고 싶은 욕구가 일어나는구나', '먹고 싶어 하는구나' 이렇게 관찰하되 그 욕구를 따라가지는 말아야 합니다. 즉 냉장고 문을 열지 말아야 해요.

'이것 봐라, 냉장고 문을 안 여니 몸이 죽을 것처럼 욕구가 야단이구나.'

이렇게 음식 생각이 일어나는 것을 지켜볼 뿐, 행동은 하지 않습니다. 억지로 참는 것과는 달라요. 그냥 '와, 숨넘어갈 듯이 먹고 싶어 하는구나' 이렇게 다른 사람을 옆에서 지켜보면서 묘사하듯 자기를 지켜보되 행동은 하지 않는 거예요. 그러면 욕구가 치성했다가도 일정한 시간이 지나면 어느 순간 가라앉아요.

욕구란 게 영원하지 않습니다. 옆에 시계를 두고, 음식 생각이 얼마나 지나면 가라앉는지 관찰해보세요. 고비를 한 번씩 넘길 때마다 가라앉기까지 걸리는 시간이 조금씩 짧아집니다. 처음에는 30분까지 요동치다가 가라앉았다고 한다면 다음에는 25분, 그 다음에는 20분, 또 그 다음에는 15분

만에 가라앉는 식으로 시간이 줄어들어요. 이 위기를 한 번만 극복해버리면, 욕구가 아예 안 일어나는 것이 아니라 점차 이겨내기가 쉬워진다는 뜻이에요.

그렇다고 이를 악물고 '안 먹어야지!' 하고 결심하고, 각오하면서 참으면 안 돼요. 그러면 냉장고 문을 열고 먹어버렸을 때 '또 실패했어. 나는 안 돼' 이렇게 후회가 됩니다. '이렇게나 먹고 싶어 하는구나. 굉장하다' 이렇게 지켜보면서 먹지는 않고 계속 알아차리기만 하는 거예요. 욕구가 언제 수그러드는지 체크하면서 그저 가만히 바라보세요.

'30분 지났으니 욕구가 슬슬 꺼질 때가 됐는데. 오늘은 좀 길게 가네. 5분쯤 더 가려나?'

이렇게 재미있는 놀이를 하듯이 지켜보세요.

세 번째 방법은 조금 강제적이어서 의지가 필요한 방법입니다. 군것질을 한 번 할 때마다 그 자리에서 절을 500배씩 해버리는 거예요. 지금처럼 자주 먹는다면 하루에 500배를 여러 번 해야 할 수도 있겠죠. 절을 하면 운동이 되는 효과도 있지만, 500배를 하고 나면 초심자는 다리가 덜덜 떨려서 걷기 어려울 정도로 힘들어요. 이렇게 몸이 힘든 경험을 몇 번 하고 나면 간식에 손이 가다가도 저절로 내려놓게 됩니다. 정말로 간절히 고치고 싶다면 이렇게 세게 나가는 방법도 있습니다.

질문자는 어느 쪽을 선택할래요? 나가서 뛸래요? 지켜보기를 할래요? 아니면 500배를 해볼래요? 세 가지 중 한 가지를 선택해서 한번 해보세요. 한 가지 방법을 해보고 또 다른 방법을 해봐도 좋고요. 그렇게 하면 방법에 따른 속도의 차이는 있겠지만 결국은 욕구에 따르는 습관을 극복할 수 있습니다."

우리 인생의 문제는

밖의 누군가가 나를 속박하는 것이 아닙니다.

내 삶의 습관, 내 사고의 습관,

거기에서 벗어나지 못해 늘 되풀이하는 것입니다.

주어진 조건을 내가 어떻게 대하느냐에 따라

행복할 수도 있고 불행할 수도 있습니다.

행복과 불행은 내가 만드는 것입니다.

여자 친구와
자꾸 싸워요

"저는 여자 친구와 많이 다툽니다. 둘 다 자기주장이 무척 강해요. 상대를 존중해야 하겠지만, '누가 봐도 이건 아닌 것 같다' 싶은 것은 어떻게 받아들여야 할지 모르겠습니다. 이해하고 아끼며 사랑하는 연애를 하려면 어떻게 해야 할까요?."

"'이건 도저히 아니다!' 하는 게 뭔지 하나만 이야기해 봐요."

"자기가 다른 일이나 약속이 있을 때는 데이트 생각도 없다가, 제가 선약이 있어서 데이트를 못 할 때는 화를 냅니다."

"배가 부를 때는 어지간한 음식에 별로 관심이 가지 않지만, 배가 고플 때는 그런 음식이라도 생각나잖아요. 상대도 친구를 만나거나 할 일이 있을 때는 질문자가 필요하지 않

으니까 당연히 아무 이야기도 없고, 본인이 필요해지면 시간 내라고 이야기하는 거예요. 사람이 다 그렇습니다. '저건 꼭 자기 필요할 때만 전화하더라!' 이런 말을 하는 사람이 있죠? 그런데 우리 대부분은 자기가 무언가 필요할 때 전화하잖아요. 물어볼 게 있거나 용건이 있으니까 전화를 하는 거잖아요. 상대도 본인이 필요하니까, 즉 주말에 시간도 남고 갈 데도 없으니까 데이트 좀 하자고 하는 겁니다. 다른 일이 있어 바쁘면 자기 볼 일을 먼저 보는 것이고요. 당연한 행동이에요.

예를 들어, 3시에 약속을 했는데 내가 2시 30분에 도착했다면 상대가 3시에서 10분만 늦게 와도 잔소리를 하겠죠. 그런데 내가 3시 30분에 도착했는데 상대가 3시 40분에 와서 사과한다면, '괜찮아. 좀 늦을 수도 있지'라고 말할 겁니다. 이처럼 10분 늦었다고 성질낼 때도 있고, 40분 늦어도 괜찮다고 할 때도 있는 거예요. 사람의 심리가 그래요.

약속을 했다가 전날 취소하는 경우도 마찬가지예요. 상대의 입장에서는 약속을 했지만 내일 질문자를 만나는 것보다 더 중요한 일이 생긴 거예요. 그러면 질문자도 성질을 버럭

내든지, 아니면 '알았다' 하고 넘어가면 됩니다. 그건 질문자의 선택이에요. 반대로 질문자가 상대와 약속을 해놓고 일이 생겨서 전날에 취소하면 상대가 버럭 성질내는 것도 당연한 거예요. 그게 상대가 잘못된 것은 아니라는 말입니다."

"요즘 들어 자꾸 화를 내게 됩니다. 사회생활 할 때와 달리 연애할 때는 속이 너무 좁아지는 것 같아요."

"질문자가 상대에게 집착을 하니까 그래요. 사람이 집착하면, 바늘 끝도 꽂을 수 없을 정도로 마음이 좁아진다고 합니다. 그만큼 속이 좁아진다는 뜻이에요. 그런데 집착을 탁 놔버리면, 마음속에 온 우주가 들어와도 어디 있는지 못 찾을 정도로 마음이 넓어진다고 해요. 그러니까 질문자는 집착을 내려놓는 게 좋아요. 상대의 행동이 좀 심하다 싶으면 한두 번 이야기해 보고, 말이 안 통하면 그냥 놔두면 돼요. 거기에 계속 집착해서 마음을 붙들고 있으면 내가 상대에게 얽매이게 됩니다."

"이해가 쏙쏙 잘 됩니다. 그러면 반대로 상대방이 제게 집착을 할 때는 어떻게 해야 할까요?"

"그거야 상대방 문제죠. 상대방이 집착한다고 해서 내가 상대에게 맞추기 시작하면, 내가 또 거기에 얽매여 살게 돼요. 남이 원하는 걸 내가 다 해줄 수는 없습니다. 하는 만큼 하고, 못 하는 건 못 하는 거예요. 해줄 수 있는 건 해주고, 못 해주는 건 '죄송합니다' 하고 그냥 넘어가는 거예요. 마찬가지로, 이 세상이 내가 원하는 대로 다 될 수도 없어요. 되면 좋고, 안 되어도 그만이에요. 그래도 원하면 다시 해 보는 거예요.

질문자가 좋아하는 사람과 사귀려면 그만큼의 대가는 지불해야 해요. 그러기 싫으면 혼자 사세요. 그러면 마음 고생 안 하고 살아도 됩니다. 그러나 같이 지내려면 상대와 좀 맞추고 살아야 해요."

남들과 비교하면
제 자신이 초라해져요

“교육대학교에 오니 수업시연이나 발표할 때가 많은데 다들 저보다 잘할 뿐 아니라 성격과 외모도 뛰어납니다. 그리고 모두 다 장점이 한 가지씩은 있는데, 저만 별거 없단 생각에 스트레스를 받습니다. 어느 땐 남들과 비교해 제 자신이 너무 초라해 보여 속상한데, 어떻게 하면 될까요?”

“네, 무척 고민이 되겠어요. 그런데 친구들이 인물도 좋고 공부도 잘하고 발표도 잘한다면, 질문자 주변에는 괜찮은 사람도 많고 배울 사람들이 많다는 뜻이네요? 이보다 더 좋은 환경이 또 어디 있을까요?”

“네. 저 역시 그런 생각으로 노력하지만 그러면 그럴수록 제가 부족한 사람이라는 것만 확인하게 됩니다.”

"무엇을 어떻게 비교하는가의 문제에요. 만약 스님이 올림픽 육상 선수와 달리기 성적을 비교하면 선수가 나아요, 스님이 나아요?"

"육상 선수요."

"수영 선수와 수영 실력을 비교하면요?"

"수영 선수가 나아요."

"네. 탤런트나 골프 선수와 비교해도 인물이든 실력이든 제가 턱없이 부족합니다. 그렇다고 제가 열등한 사람인가요? 질문자처럼 이런 식으로 비교하면 천 가지를 비교해도 부족함만 보여요. 생각을 좀 바꿔봅시다. 제 나이가 적지 않지만 아흔 살 노인과 비교하면 여전히 젊고, 아무리 달리기를 못해도 굼벵이와 비교하면 빠릅니다. 그러니 비교는 어떤 대상과 하는가가 중요합니다.

지금 질문자가 속상한 건 자신에 대한 기대가 너무 커서 스스로를 아주 뛰어난 사람으로 만들어놓고 그 가상의 자기를 기준으로 현실의 자기와 비교해서 생긴 문제입니다. 이렇게 모든 면에서 잘나야 하는 허상의 자기 모습과 현실의 자신을 비교하기 때문에 자신이 초라하게 보이고 자신감도 없어지는 거예요. 이럴 때 현실의 자기를 끌어올려 허상의 자기에 맞출 게 아니라 허상을 버리면 지금 이대로도 괜찮고, 노력할 일도 없어집니다."

"네, 스님 말씀을 듣고 보니 제 기대가 컸던 것 같습니다."

"기대하는 허상과 현실의 자기를 비교하는 건 어리석은 일이에요. 지금의 내 모습을 늘 긍정적으로 받아들여야 합니다. 자꾸 남과 비교하는 것은 나중에 아이들을 가르칠 때도 '이것도 못하네, 저것도 못하네' 하기 쉬워요. 그러면 아이들이 상처를 입게 되고 열등의식을 갖게 돼요. 자신부터 지금 모습 그대로를 자랑스럽게 여기면 자존감이 생겨납니다. 그래야 나중에 아이들이 고민을 털어놓아도 '그래, 그 정도면 잘하는 거야' 하고 격려해주는 선생님이 될 수 있어요.

우리가 인생을 얼마나 즐겁게 사는지 여부는 문제가 되지 않아요. 하지만 괴롭게 사는 것은 문제예요. 그러니 자기가 처한 지금의 조건이 좋음을 알아야 합니다. 그러면 괴로울 일도 속상할 일도 없어요. 공부를 해도 재미있게 하게 되고, 늙어 기운 떨어져도 살아있다는 자체로 감사하게 됩니다."

나를 사랑하라는 것은

현실의 나를 인정하고 받아들이라는 것입니다.

지금 이대로 괜찮습니다.

설령 조금 부족하다 하더라도

지금 나는 괜찮은 사람입니다.

지나친 욕심을 버리고

있는 그대로의 자기를 긍정적으로 보는 것이

자기 사랑의 시작입니다.

외로움은 어떻게 극복할 수 있나요

"안녕하세요. 스님은 외로움을 느끼시는지 궁금합니다. 그리고 외로움을 극복하는 스님만의 방법이 있는지요?"

"특별히 외로울 일이 없어요. 또 외로우면 좀 외로워하면 되지, 그게 뭐 그리 큰 걱정이에요? 외로워한다고 돈이 드는 것도 아니고 외로워한다고 손해날 일이 없잖아요. 혼자서 좀 외로워하면 되죠.."

"그건 맞는데 누구나 외로움을 느끼잖아요."

"누구나 외로움을 느낀다는 생각도 질문자의 생각일 뿐이에요. 그렇지 않은 사람도 있습니다. 만약 외로움을 느낄 때가 있으면 그냥 외로움을 느끼면 되지 않을까요? 외로울 때는 그냥 외로워하면 됩니다."

"외로우면 힘들다고 하는데, 그걸 그냥 즐기라는 말씀이신가요?"

"외로운데 왜 힘들어요? 그렇다면 어떻게 해야 그 외로움이 없어질까요? 이성 친구가 하나 옆에 있으면 외로움이 없어질까요? 오히려 귀찮아지잖아요. 그러니까 외롭다가도, 이성 친구가 같이 있을 때 귀찮아질 것을 생각하면, 차라리 외로운 쪽이 훨씬 낫잖아요."

"그러면 혼자 사시는 것에 대해서는 별 불편이 없으신가요?"

"네, 불편하지 않아요. 그런데 사람이 만든 제일 두텁고 높은 장벽은 무엇일까요? 중국의 만리장성일까요? 아니에요. 부부가 서로 싸우고 한 침대에 누워서 토라진 남편이나 아내의 돌아누운 등을 보는 게 제일 높은 벽이라고 하잖아요. 이렇게 마음의 문을 닫는 것이 가장 높은 장벽이에요. 마음의 문을 닫으면 외로워지고 감옥살이가 되는 거예요. 그보다 더 높은 벽은 없어요. 산속에서 혼자 살아도 마음의 문을 닫지 않으면, 새하고도 놀고 나무하고도 놀고 토끼하고도 놀 수 있습니다. 하지만 부부가 한 침대에 누워 있더라도,

토라져서 서로 등을 대고 누워 있으면 엄청나게 외로워요. 다시 말하면, 자기 마음을 닫으면 외롭다는 거예요.

요즘은 아파트 위층에도 사람이 있고, 아래층에도 사람이 있고, 옆에도 사람이 있어요. 그 어디를 가도 사람투성이에요. 도시에는 사람들이 바글바글합니다. 그런데도 '군중 속의 고독'이라고 하잖아요. 사람들이 바글바글한데, 왜 외로울까요? 내가 마음의 문을 닫고 있기 때문에 그래요. 혼자 있는 게 좋으면 그냥 혼자 있으면 됩니다. 외로운 게 좋으면, 마음의 문을 닫고 장벽을 쌓은 채 고독을 즐기면 됩니다. 외로움이 싫으면, 마음의 문을 열고 옆 사람하고 얘기를 나누면 됩니다. 꼭 얘기하지 않아도 돼요. 하루종일 같이 있어도, 각자 자기 일하면서 거의 얘기를 하지 않는 시골의 농사짓는 부부처럼 말입니다. 그렇다고 내가 상대를 미워하는 것도 아니고, 상대가 얘기 안 한다고 불편해하는 것도 아니에요. 사실은 이렇게 자기 할 일하며 살아가는 데 별다른 얘기를 할 필요가 없어요.

질문자가 외롭다는 건 지금 마음의 문을 닫고 있다는 뜻이에요. 부모에게 닫고 있든 친구에게 닫고 있든, 마음의 문을 닫고 있다고 볼 수 있어요. 그러니까 외로우면 마음의 문을 열면 됩니다."

행복하게
살고 싶어요

"스물일곱 살 직장인입니다. 대학은 졸업했고 군대도 다녀왔고 호주에 2년 유학하고 취직해서 지금까지 바쁘게만 살아왔습니다. 그런데 무엇을 해도 행복하거나 희열을 느껴본 적이 없어요.

스님의 즉문즉설을 들어보면 행복은 자기 생각하기 나름이라고 말씀하시던데, 제 나름대로 생각한 행복은 결혼이에요. 여러 미디어에서 행복한 가정을 많이 보여주잖아요. 그래서 가정을 이루면 행복할 것이라고 생각하고 살아왔는데 먼저 결혼한 친구들에게 물어보면 행복하지 않다고 합니다. 결혼이 주는 행복도 제가 생각했던 것과는 많이 다른 것 같습니다."

"이야기 잘 들었어요. 그런데 고민이 별로 없는 것 같은데 답변이 필요한가요? 저는 '행복하고 싶다' 이런 생각 없이 살기 때문에 행복해요."

"그렇게도 생각할 수 있다는 건 방금 깨달았어요. 그래도 보통은 뭔가 할 때 행복한 게 있잖아요."

"그건 행복한 게 아니라 기분 좋은 거죠. 뭘 해서 자기 뜻대로 되었을 때는 기분 좋잖아요. 기분 좋음은 금방 기분 나쁨으로 바뀌어요."

"그런데 그게 희열까지는 연결이 안 되더라고요. 뭔가 쟁취하고 기쁜 그런 게……"

"희열로 갔다면 그건 병이에요. 괴로움으로 가면 병인 것처럼요. 예를 들어 어떤 여자와 만나서 희열을 느꼈다면 그 여자와 헤어지면 엄청난 괴로움에 빠지게 되고, 그런 건 진정한 행복과는 거리가 멀어요. 즐거움과 괴로움이라는 인생의 널뛰기에 불과합니다.

그러니 관점을 딱 바꿔보세요. 행복은 괴로움이 없는 거예요. 직장을 다니면서 막 재미가 있고 희열이 느껴지고 그런 건 별로 중요하지 않아요. 내가 직장을 다니는데 진짜 괴로워 죽겠고 못살겠는지를 물어보세요. 제가 보니까 질문자가 그런 것 같지는 않은데요."

"네, 좋은 직장이라고 생각하고 잘 다니고 있긴 합니다."

"직장 다니면서 '너 행복하냐?'라고 물었는데 '행복하지 않다'고 답했다고 직장을 그만두면 안 돼요. 이럴 땐 이렇게 물어봐야 해요. '너 괴롭냐?' 이렇게 물어보고 안 괴롭다면 그냥 다니면 됩니다. 사물을 보는 관점을 이렇게 가져보라는 겁니다. 한쪽 면만 보고 그만두면 나중에 후회할 수가 있습니다."

"그럼 행복하지 않아도 계속 그 일을 해야 한다고 말씀하시는 건지요? 저는 다른 곳으로 이직할 생각을 하고 있었거든요."

"그거야 질문자의 선택이지요. 여러분은 어떤 일을 하면 기분이 좋고 신이 나는 게 행복이라고만 생각하는데, 그런 건 오래갈 수가 없어요. 어떤 사람을 만났을 때 막 가슴이 두근두근하고 집에 와서도 계속 보고 싶고 전화해도 또 그리워지는 것을 여러분은 '사랑'이라고 합니다. 하지만 심리적으로 말하면 그건 정신이 흥분된 상태입니다. 반대로 어떤 사람이 너무 미워서 잠이 안 오고 죽이고 싶은 마음이 든다면 이것도 정신질환에 속합니다. 그 상황에서는 그런 마음이 들 수 있겠다고 이해는 하지만 심리적으로는 정신질환에 속해요.

그러면 정상적인 상태는 어떤 것일까요? 자신이 원하는 대로 되면 조금 기분이 좋아지지만 다시 원래대로 돌아오고, 원하는 대로 안 되면 조금 기분이 나쁘긴 하지만 다시 원래대로 돌아와서 늘 평정심을 유지하는 것입니다. 다시 말해 마음이 들뜨지 않고 가라앉지 않고 고요한 것이 원래의 건강한 마음 상태예요. 그런데 질문자는 막 들뜨는 것을 행복이라고 생각하고 그런 행복을 추구하면 앞으로 인생이 오히려 고달파져요.

왜냐하면 어떤 곳을 가도 즐거움[樂]만 계속되는 곳은 없기 때문입니다. 이 세상 사람들은 고苦는 없이 늘 들뜬 상태의 낙樂만 유지되는 그런 행복을 구하려고 하지만 그런 건 실제로는 존재하지 않아요. 현실에는 즐거움이 지속가능하지 않기 때문이에요.

그렇게 일시적으로나마 즐거움이 생길 수 있는 게 두 가지가 있긴 합니다. 한 가지는 마약이에요. 쾌락이 행복이라고 너무 추구하다 보면 결국 사는 게 재미가 없으니 마약에 손을 대는 거예요. 괴롭다가도 마약을 하면 환영을 통해 세상이 아름답게 보이고 기분이 좋아서 막 들뜨거든요.

그래서 한 번 하고 두 번 하고 세 번 하다 보면 그 기분 좋음은 점점 강도가 떨어지는데, 그걸 동일한 강도로 유지하려면 투여량을 자꾸 늘려야 합니다. 그래서 중독이 되는 것이지 처음부터 마약 중독자가 되고 싶어서 마약을 하는 사람은 아무도 없어요.

마약과 거의 같은 증상을 나타내는 또다른 한 가지는 심리적 중독이 있는 성인용 잡지나 소설, 동영상 같은 겁니다. 이처럼 중독에는 심리적인 것과 물질적인 것이 있는데 옛날에는 물질적 중독만 경계했다면, 지금은 심리적 중독까지 생겨서 거기에 빠질 위험성이 아주 커졌어요. 이처럼 삶에서 달콤한 걸 너무 추구하면 오히려 위험해요. 그러니 무던하게 사는 게 좋아요."

부족한 내 모습을
자책하게 됩니다

"요즘 수행과 함께 봉사활동도 하지만, '수행자가 아닌 나, 부족한 나'를 보면서 자꾸 자책을 하게 됩니다. 스스로를 불만스럽게 생각하고 제 자신을 억압하는데, 이럴 때는 어떻게 해야 할까요?"

"만약에 내가 돈을 많이 벌고 싶다고 할 때는 돈 벌고 싶다는 욕심이 문제예요, 돈이 문제예요?"

"욕심이요."

"출세하겠다고 할 때는 지위가 문제예요, 지위를 얻겠다는 욕심이 문제예요?"

"욕심이요."

"그러면 돈과 지위를 버리는 게 수행자예요, 그런 욕심을 버리는 게 수행자예요?"

"욕심을 버리는 게 수행자입니다."

"그럼 도를 얻겠다고 했을 때는 이게 수행일까요, 욕심일까요?"

"욕심이요. 그런데 머리로는 알겠는데 막상 수행할 때면 자책하는 부정적인 마음에서 잘 빠져나오지 못해요."

"그건 질문자 마음에 욕심이 있기 때문이에요. 그 욕심의 대상이 돈이나 지위나 명예에서 도道로 바뀌었을 뿐이에요. 돈과 도道는 'ㄴ'자 하나 차이잖아요. 돈을 구하다가 'ㄴ'자를 떼고 도를 구하는 것은 같은 말이에요.

예를 들어 선방에서 스님들이 깨달음을 얻겠다고 참선을 하잖아요. 하지만 10년을 했는데도 깨닫지 못했다면 그 스님은 괴로울까요, 안 괴로울까요?"

"괴로워요."

"괴롭다고 하면 그는 수행자예요, 돈 대신 도를 구하는 사람이에요?"

"돈 대신 도를 구하는 사람이요."

"네. 그렇기에 수행자는 도를 구하는 사람이 아니라 괴로울 일이 없는 사람이에요."

"네, 알겠습니다."

"화가 나서 괴로운 것도 마찬가집니다. 화를 안 내는 게 수행자가 아니라 화날 때 화가 일어나는 줄 알아차리는 사람이 수행자예요. 화가 났지만 놓쳐서 화를 냈으면 다음에는 안 놓쳐야지 다짐하는 사람, 그럼에도 다시 놓치면 '또 놓쳤네' 하는 사람이 수행자예요. 그걸 갖고 후회하면서 '나는 안 된다'며 지나간 과거를 논한다면 그는 수행자가 아니에요. 그러니 지금 여기 깨어있어야 합니다.

질문자는 아침에 '일어나야지' 하는 게 중요해요, 그냥 벌떡 일어나는 게 중요해요?"

"일어나는 거요."

"네. 그러니 이 질문은 누워있는 채로 '일어나야지. 일어나자. 일어나야 하는데' 하는 것과 같아요. 벌떡 일어나면 '일어나야지'라는 결심이 필요해요, 안 해요?"

"필요없어요."

"다시 말해 '일어나야지' 하는 건 굉장히 좋은 것 같지만 그건 그냥 망상에 불과해요. 안 일어난 사람이 '일어나야지' 하고 결심하지, 일어난 사람이 누가 '일어나야지' 하겠어요? 마찬가지로 '해야지' 하지 말고 '하는 것'이 중요하니, 결심 대신 행동을 하면 됩니다."

상급자가 자꾸 괴롭힙니다

"저는 군 생활을 열심히 하면서 잘 적응하며 지내고 있습니다. 그런데 저를 유독 괴롭히는 상급자가 있습니다. 친해지려고 노력도 많이 해보았지만, 계속 제 표정이 안 좋다고 시비를 걸고, 심할 때는 때리기도 합니다. 그럴 때마다 화가 나고 스트레스를 받습니다. 괴롭힘이 심할 때는 그를 때리고 싶고, 그가 죽었으면 하는 생각도 합니다. 어떻게 해야 할지 좋은 말씀 부탁드립니다."

"마음이 많이 힘들었겠어요. 하지만 만약에 질문자가 화가 나서 그 사람을 때린다면, 부하가 상사를 때린 거니까 하극상이 되고, 그러면 감옥에 가겠지요.. 질문자가 그 순간에는 속이 시원하겠지만, 결과적으로는 감옥에 가게 되니까 본인한테 좋을 게 하나도 없습니다. 또 화가 나서 총기 사고를 일으키면 한 10년은 감옥에 있어야 합니다. 그 상급자가 좋은 사람이라면 내가 희생해볼 만한 일이지만, 그 사람이 나쁜 사람이라면서 자신을 희생할 필요가 있을까요?

질문자가 이 문제를 해결하고 싶다면, 어떻게 하면 이 상황을 긍정적으로 받아들일 수 있는지 생각해야 합니다. 예를 들면, 질문자가 전역한 뒤에 취직해서 어떤 상사와 일하거나 회사를 하나 만들어서 종업원을 두면, 이런 인간관계가 생길 수 있습니다. 이때 직장 상사나 사장과 사이가 안 좋아서 사표를 던지고 나와 버리면 내가 손해를 보겠지요. 지금 그런 걸 연습한다고 생각해보세요.

나를 못살게 구는 사람과의 인간관계도 어떻게 좋은 관계로 바꿀 것인지를 연구 대상으로 삼아보세요. 그가 어떻게 행동을 하든지 간에 하라는 대로 해보세요. 앉으라면 앉고, 서라면 서고, 상급자가 어떻게 행동해도 그 사람한테 화가 안 나는 것을 목표로 세우세요. 저 사람이 나한테 어떻게 해도 화가 안 일어나는 사람이 된다고 말이지요.

지금은 당연히 상급자에 대해서 화가 나겠지만, 자신이 화가 안 일어나는 사람이 되는 걸 목표로 삼고 '내가 화가 나네.

나는 화가 안 나는 사람이 목표야!' 이렇게 자꾸 연습을 해보세요. 그리고 그 사람을 코치라고 생각하세요. '네가 화를 안 낸다고? 좋아. 내가 너를 화나게 해주지!' 이렇게 테스트해주는 코치라고 생각하는 겁니다. 현재의 힘든 시간을 이렇게 자신의 수행의 힘을 키우는 기회로 삼고 연습해 보세요.

처음에는 열 번, 스무 번 화가 나다가 어느 순간 화가 날 때, '내가 상대에게 또 말려들었구나' 하고 알게 되는 순간이 옵니다. 그러면 그 자리에서 화가 확 내려가버릴 거예요. 그것을 한번 경험하면, '마음이라는 게 이런 것이구나! 저 사람이 나빠서 화가 나는 줄 알았는데, 이 화를 다 내가 일으키는 거구나' 하고 머릿속으로만 알던 '일체유심조一切唯心造'라는 경전 내용을 본인이 여실히 경험하게 됩니다. 그러면 새로운 세상이 열립니다. 지금 상황을 깨달음의 기회로 삼으세요. 그는 내가 화나지 않는 사람이 됐나, 안 됐나를 테스트하는 코치라고 생각하는 겁니다. 만약 그의 말 때문에 괴로워하면 수행이 안 된 것이지요.

스승이 훌륭해서 스승이 되는 게 아니라 본인이 공부로 삼으면 스승이 되는 거예요. 그 선임을 스승으로 삼아서 한

번 공부해 보세요. 그러면 엄청난 은혜를 입을 거예요. 그리고 다시는 그 사람을 탓하며 화내지 말고 화가 일어날 때마다 자기 점검의 기회로 삼으세요. 군대에서 이 문제 하나만 해결해도 수행 생활 10년 하는 것보다 더 많은 것을 얻은 것이 되니 사회에 나가면 직장 생활에서 큰 역량을 발휘할 겁니다. 지금 이것을 자기발전의 좋은 기회로 삼으세요.

그리고 구타는 군에서 금지하고 있으니까, 부당하게 구타할 때는 신고해서 시정해야 합니다. 이렇게 할 때도 화가 나지 않는 사람이 된다는 수행의 목표는 계속 지켜야 합니다."

엄마가 원망스러워요

“스물여섯 살 직장인인데, 10대 때 엄마의 폭언과 폭력에 많이 시달렸습니다. 대학에 가면서 일부러 엄마와 떨어져 5년을 살다가 다시 함께 살게 되었는데, 작년에 일이 터져 집을 나왔습니다. 얼마 전에 엄마가 미안하다며 다시 만나자고 연락했지만 저는 도저히 그럴 마음이 생기지 않습니다.”

“엄마하고 연락하지 않고 살아도 되는지 묻는 건가요? 네, 그래도 아무 문제가 없어요.”

“엄마에게 못할 짓을 한 제 자신이 두렵고, 엄마가 기대하는 만큼 엄마를 포용할 자신도 없습니다. 게다가 엄마와 많이 닮은 제가 자식을 키우게 되면 자식에게 똑같은 상처를 줄까 두렵고요. 그동안 해온 상담공부를 계속해서 가정폭력에 처한 아이들도 돕고 저도 좋은 엄마가 되고 싶은데, 답답합니다.”

"자기를 길러준 엄마를 미워하는 데다가 상처가 깊은데 어떻게 좋은 엄마가 되겠어요?"

"그 상처를 치유하고 싶어서 질문한 거예요. 사랑받고 싶다는 욕심을 내려놓고 엄마를 용서해야 할까요?"

"엄마가 질문자한테 뭘 잘못했지요?"

"어릴 때 저한테 욕을 했고, 심하게 때린 적도 많습니다."

"내가 원하는 만큼 엄마가 나를 사랑해준다면 물론 제일 좋죠. 그런데 현실은 그렇지 않잖아요. 현실에서 선택을 해야 한다면, 아이를 야단치지 않는 대신 밥도 안 해주고 돌봐주지도 않는 것과 자기 성질을 못 이겨서 욕을 하더라도 밥은 먹여주고 키워주고 학교에 보내주는 것 중에서 어느 쪽이 나에게 이익일까요? 어느 쪽이 사랑이에요?"

"키워준 쪽이 더 이익이지만, 그건 스물여섯 살이 된 지금 하는 생각이고 여섯 살 때는 그런 생각을 못하잖아요."

"그래요. 누구나 어릴 때는 다 그래요. 질문자가 그런 걸 이해할 만한 수준이 안 되는 어린아이였기 때문에 상처를 입은 거예요. 그걸 트라우마라고 해요. 여섯 살 때 상처를 입었다면, 그 심리가 여섯 살에 딱 고정돼서 스무 살이 넘은 지금까지도 그대로인 거예요. 여섯 살짜리 아이의 입장에서는 상처를 입을 만해요. 하지만 내가 스무 살 넘고 어른이 된 지금 생각해 보면, '아, 내가 그때 어려서, 몰라서 상처가 됐구나. 지나가는 사람들도 원망하지 않으면서 나를 먹여주고 키워준 엄마를 왜 원망할까?' 이렇게 딱 돌이켜야죠. 이게 깨달음이에요. 이렇게 깨닫고 나면 상처가 치유됩니다. 부모이기 때문에 용서하라는 게 아니에요."

"그렇지만 아직도 과거에 사로잡혀서 살고 있다는 생각이 듭니다. 엄마를 평생 안 만나도 괜찮을까요?"

"앞으로 어떻게 살지는 자기 선택이에요. 엄마를 평생 안 만나도 아무런 문제나 잘못이 없어요. 원래 자연이라는 건 다 크면 집을 떠나게 마련이에요. 어미 새가 아무리 새끼에게 먹이를 가져다주었더라도, 새끼가 다 크면 그냥 날아가는 것으로 끝이잖아요. 그러나 과거 어린 시절에 대해 말하자면 질문자가 엄마로부터 이득을 봤으면 봤지 손해 본 건 없다는 거죠."

"머릿속으로 이해는 되지만 마음으로 받아들여지지 않아요."

"그래요. 그게 현 상태예요. 그래서 괴로운 거예요. 엄마가 안 그랬으면 좋았겠지만 질문자의 엄마는 수준이 그것밖에 안 되는 사람인데 어떡하겠어요. 나쁘고 흉악해서 그랬던 건 아니에요. 질문자도 확 성질이 났을 때 엄마한테 어떻게 했어요?"

"제가 받은 대로 똑같이 했어요. 욕도 하고 때리기도 했어요."

"그때 질문자는 정상적인 상태였어요, 미쳐 있었어요?"

"미쳤었어요."

"그래요. 엄마도 성질이 나서 질문자를 야단치고 때릴 때는 제정신이 아니었던 거예요. 스물여섯 살 어른인 질문자도 그렇게 힘든데, 도와주는 사람도 없이 애를 키우면서 혼자 견뎌야 했던 엄마는 얼마나 힘들었겠어요? 힘드니까 그런 것이지, 엄마가 나빠서 그런 게 아니에요. 물론 질문자가 원했던 수준의 엄마는 못 되었어요. 그러나 질문자도 나중에 아이를 키워보면 엄마보다 잘하기가 쉽지 않을 거예요. 그래서 제가 '그런 생각을 가지면 좋은 엄마가 될 수 없다'라고 한 거예요. 엄마라는 사람을 있는 그대로 인정하고 이해하면서 미운 감정을 탁 털어버려야 해요.

'어머니, 감사합니다. 제가 원하는 만큼은 아니었지만 그래도 저를 낳고 키워주셔서 감사합니다.' 이렇게 감사하는 마음을 내어보세요."

우리가 살다 보면

예기치 못한 일들이 일어나게 됩니다.

이것은 내 의지로 되는 일이 아닐 때가 많습니다.

그런데 그런 일이 일어나지 않는 것이

반드시 행복한 것도 아닙니다.

우리에게 정말 중요한 것은

어떤 상황 속에서도

행복할 권리가 있다는 사실을 잊지 않는 것입니다.

모태솔로에서 벗어나고 싶어요

"스물여섯 살까지 한 번도 여자 친구를 사귀어 본 적이 없습니다. 회사에서 서른, 마흔 살 넘은 형님들이 장가 안 간 모습을 보면 저도 결혼을 못 하는 게 아닐까 걱정됩니다. 최근에 어떤 여성에게 호감이 가는데 너무 떨려서 얼굴만 봐도 속이 얼어붙는 것 같아요. 실패하는 연습을 하라고 말씀하셨지만, 저는 연습하는 것도 진짜 죽을 것 같습니다."

"'내가 26년 동안 연애 한 번 못 해봤는데 관심 가는 이성이 생겼다. 연애 한번 해볼까?' 이런 마음을 먹고 이성에게 접근하니까 자꾸 떨리는 거예요. 자기 스스로 생각해봐도 자신이 흑심을 가진 이상한 사람으로 취급당할까 두려운 겁니다. 스스로 생각해도 도덕적으로 문제가 있는 것처럼 느껴지기 때문에 상대방도 나를 싫어하거나 두려워할 가능성이 높습니다. 이럴 때는 상대방이 나를 좋아할 확률이 매우 낫아요. 내 욕심만 생각하지, 상대에 대한 배려는 전혀 없잖아요. 상대가 지금 어떤 고민을 하는지 모르잖아요. 물론 상대가 마침 이성 친구를 찾고 있다면 괜찮을 수도 있어요. 하지만 상대가 지금 다른 문제로 고민하고 있거나, 연애에 관심이 없거나, 승진에 골몰하고 있는데 느닷없이 다가가서 데이트 신청을 하면 '귀찮은 사람' 취급을 당하겠죠."

"아직 이성 친구가 없는 것 같아요."

"설령 지금 이성 친구가 없더라도 그 사람이 이성 친구가 필요한지 아닌지는 모르잖아요. 동생처럼 생각하고 그저 필요한 일이 있으면 도와주고, 상대가 원하는 것이 있으면 해주는 쪽으로 해보세요. 만약에 선물을 억지로 주거나 하면 더 큰 부작용이 생깁니다. 상대가 원하는 게 있을 때 편안하게 해주면 됩니다.

이렇게 편안하게 다가가서 몇 달 지내다보면 상대의 상태가 어떤지를 알 수 있습니다. '저 사람, 이성 친구가 없구나' 이렇게 혼자 속으로 생각하지 마세요. 이성 친구가 있는데 마침 외국에 가 있을 수도 있잖아요. 그런 건 겉으로 얼핏 봐서는 잘 모릅니다. 그저 상대를 동료나 친구로 생각하고 편안하게 다가가세요. 그렇게 해서 이성으로 친해지면 다행이고, 안 그러면 동료로서 잘 지내면 돼요.

질문자가 목표를 정해서 당장 이성을 사귀려고 하면 상대한테 거절 당할 확률이 높습니다. 그러니까 연애나 결혼 같은 걸 목표로 두지 말고, 그냥 다른 사람과 '관계를 맺는 훈련'을 한다고 생각하세요. 먼저 친구로서 가볍게 지내는 인간관계 연습을 한다고 생각하고 해보세요. 너무 이성 친구로 접근하면 나중에 상처를 입고 이성에 대한 불신과 원망이 생겨서 진짜로 혼자 살게 될 수가 있어요.

인간관계에서 알아야 할 점은 '사람은 다 고만고만하고 다 이기적'이라는 겁니다. 이기적이라는 게 나쁜 게 아니에요. 인간은 본래 이기적입니다. 내가 이기적인 줄 알아서 상대의 이기적인 면도 인정할 때 인간관계가 원만해집니다. 사람 대 사람으로 인간관계를 맺어보면 실망할 확률이 좀 낮습니다. 그렇게 시작해서 사람 사귀는 연습을 좀 해본 다음에, 그 사람이 마음에 들면 이성으로 사귀는 연습을 해 보세요. 돈이나 물질적인 걸 얻는 것도 복이지만, 인간관계를 잘 만들어가는 것도 큰 복입니다."

"평소에는 괜찮은데, 예쁘고 멋진 이성분을 만나면 떨립니다."

"그게 질문자의 욕심 때문이에요. 너무 예쁘고 잘생긴 거 따지지 마세요. 원래는 못생기고 잘생기고가 없습니다. 이것도 사실은 다 관념이에요. 원숭이가 보면 인간들이 다 못생겼어요. 이런 신체조건을 갖고 '잘생겼다, 못생겼다' 분별을 너무 해서는 안 됩니다.

모든 존재는 그 자체로 존귀합니다. 그저 '그것'일 뿐입니다. 잘생기고 못생긴 것은 다 현재 나의 인식 체계에서 오는 거예요. 그래서 미의 기준도 지역과 시대에 따라 다 다릅니다. 더구나 요즘은 미의 기준이 생산적이기보다는 소비적이에요. 존엄한 인간으로 태어난 우리가 이런 관념에 사로잡혀 모양으로 사람을 평가해서는 안 됩니다. 그런 모양에 대한 집착이 불행을 자초합니다. 그래서 상대를 있는 그대로 존중하고 자기 자신에게도 떳떳한 게 가장 중요합니다."

우울증이 심합니다

"여기에 회사 분들이 계실까 봐 두려워서 질문하지 않을까 했는데, 지푸라기라도 잡는 심정으로 질문드립니다. 저는 우울증을 앓은 지 8년째입니다. 어떻게 하면 괜찮아질 수 있을까요?

저를 향한 남들의 비난에 지쳤습니다. 직장에서 무시와 모욕을 받고 있습니다. 그분들을 보는 게 두렵고 도망가고 싶습니다. 그로 인해 우울증이 심해졌고, 지난 월요일 자살 시도를 두 차례나 했습니다. 이런 이야기를 하기가 어렵지만, 솔직히 저는 죽고 싶습니다."

"지금 말한 내용 그대로면 질문자는 몇 년 안에 자살할 가능성이 높다고 할 수 있어요. 그렇지만 사람들 앞에서 자기 이야기를 스스로 했다는 것은 무의식의 세계에서 치유하고 싶은 마음이 강렬하다는 것을 의미하기 때문에 괜찮겠다는

생각도 듭니다.

우울증 환자들은 지나치게 남을 의식해서 다른 사람들에게 자신의 모습을 잘 보여주지 않으려고 합니다. 모자를 푹 눌러쓰거나, 목도리를 크게 둘러서 가능하면 눈만 내놓고 다니거나, 그게 안 되면 말할 때 종이라도 들고 얼굴을 가리려고 합니다. 다른 사람에게는 별것 아닐지 몰라도 우울증 환자는 오늘 이런 이야기를 꺼낸 것 자체가 대단히 큰 결심과 용기가 있어야 해요.

출신, 피부 빛깔, 성적 지향 때문에 차별을 받으면 보통은 그 사실을 숨기고 삽니다. 무엇인가를 숨기고 살면 죄지은 것처럼 기가 죽게 돼요. 탁 털어버려야 쾌활해집니다. '저는 우울증을 앓고 있습니다. 병원에서 치료받은 경력도 있습니다' 이렇게 말하고 탁 털어버려야 합니다.

우리나라는 우울증 환자가 많은 편입니다. 그런데 어떤 통계를 보면 우리나라의 우울증약 소비량은 다른 선진국의 10분의 1정도밖에 안 된다고 해요. 즉, 병이 났을 때 약을 제대로 먹지 않는다는 의미입니다. 우울증이라고 하면 취직하거나 결혼하는 데 지장이 생길까 봐 치료받지 않고 그냥 넘어갑니다. 정신질환에 대한 편견과 오해가 있다 보니 결국 병을 악화시키는 결과를 초래합니다.

이 세상에는 온갖 세균이 있어요. 그런 세상에서 건강하게 살아가려면, 균들을 모두 없애는 것이 아니라 오히려 균이 들어와도 이겨낼 수 있는 면역력을 갖추는 것이 필요합니다. 우리에게는 그런 면역력이 있어서 이 세상에서 자유롭게 살 수 있는 거예요. 면역력이 없어지면 아주 작은 세균에도 병들지요. 몸에 저항력이 없는 사람은 무균상태로 만들어진 유리관 속에서 살아야 해요.

이처럼 사람들과 관계 맺는 것을 괴롭게 받아들이거나 갈등이 없어야 한다고 생각하면, 결국 혼자 지내야 해요. 이런 이유로 우울증에 걸린 사람들은 밖에 나가서 사람을 안 만나려고 합니다. 누구를 만나도 저 사람이 나를 욕한다는 생각이 들기 때문에 그냥 혼자 있으려고 해요.

내가 우울증이 있으면 우울증이 있다고 이야기를 하고 사는 것이 무균실에서 나와 세균들과 함께 살아가는 것과 같아요. 때로는 병에 걸리기도 하고 병을 이겨내기도 하면서요. 예방주사의 원리를 보면, 특정 균이 몸에 못 들어오게 막는 것이 아니라 오히려 균을 미리 몸에 조금 투여하여 면역력이 생기도록 하는 것입니다.

다른 사람들과 갈등 때문에 괴롭다고 하는데, 갈등을 균에 빗대면 그건 면역력이 없어서 생기는 문제입니다. 균을 이겨내지 못하고 병에 걸리는 것처럼, 갈등을 견디지 못하고 괴로워하는 거예요. 그러다 보니 회사에 가기도 싫어지고, 급기야 이렇게 사느니 차라리 죽는 게 낫겠다는 생각도 하게 됩니다. 그러니 이건 다른 사람들의 문제가 아닙니다. 그들은 그들대로 살아가는데 거기에 질문자가 적응을 못하고 있다는 이야기예요. 이렇게 올바른 이해와 함께 자기 관점을 분명히 가져야 합니다."

"제 갈등 상황을 조금 더 이야기 드리면, 저에 대해 나쁜 소문을 내는 분이 계십니다."

"그런 것을 민감하게 신경 쓰기 때문에 병이라고 하는 거예요. 신경을 안 쓰는 것이 제일 좋아요. 그런데 지금은 신경을 안 쓰려 해도 신경이 써지는 거예요. 다른 사람들도 그런 증상이 조금씩은 있어요. 조금 그러다가 없어져요. 그런데 그게 없어지지 않고 계속 머릿속에 맴도는 정도가 되면 병이라는 진단을 내립니다. 그러니 앞으로는 그런 일이 생기면 '아이고, 이게 또 발병하려고 하네' 하며 신경을 끄는 연습을 해보세요."

"그렇게 하면 괜찮아질 수 있을까요?"

"우울증은 짧은 시일 내에 괜찮아지기가 어렵습니다. 어떻게 아직 기어 다니지도 못하는데 날아다닐 생각부터 해요? 자살하려고까지 했는데 안 죽은 것만 해도 다행이라고 생각해야죠. 나으려면 거쳐야 할 단계가 많아요.

아직 면역력이 강하지 않은 상태여서 세균이 너무 많은 곳에 가면 안 됩니다. 우선은 주위 환경이 이해관계가 덜 부딪치는 공간에 가서 사람들과 조금씩 접촉하며 지내는 것으로 시작하는 것이 좋아요. 이럴 때 집에만 있는 집콕을 하게 되면 오히려 치유가 잘 안 됩니다. 조금씩 외출하면서 사람들도 만나되 덜 부딪치도록 하는 것이 좋아요.

가장 중요한 것은 의사가 괜찮다는 의견을 제시할 때까지는 꾸준히 약을 먹고 치료를 받는 거예요. 치료를 꾸준히 하다가 의사가 '복직 한번 해 보세요' 하는 의견을 내면, 다시 출근하다가 힘들면 다시 휴가를 내는 한이 있더라도 직장엘 다녀보는 거예요. 요즘 약은 먹고 있지요?"

"네."

"그래요. 약을 꾸준히 먹으니까 이렇게 질문도 할 수 있는 거예요. 그렇게 꾸준히 치료를 받는 것이 가장 중요합니다. 그 다음에 되도록 많이 걷고 잠도 푹 자는 게 좋아요. 잠을 못 잔다는 것은 신경이 예민하다는 증거예요. 잠을 못 자는 상태가 지속되면 신경안정제를 먹는 것도 좋아요. 조금 먹고 잠을 잘 자는 게 좋습니다. 그렇게 운동을 하고 잠을 푹 자야 해요.

그리고 되도록 생각을 줄여야 해요. 가만히 있어도 이런 저런 생각이 올라올 텐데, 그럴 때마다 병인 줄 알아야 합니다. 조금 전 다른 사람과 이야기 나눈 것이 자꾸 생각나면, 그럴 때마다 벌떡 일어나서 밖으로 나가 걷든지 뛰든지, 책을 보든지, TV를 보든지 해서 같은 장면이 머릿속에서 계속 떠오르는 것을 멈추어야 해요. 알아차리는 순간, 화면을 꺼 주어야 합니다.

현재 첫 목표는 회사 다니는 것이 아니라 안 죽는 거예요. 아무리 죽고 싶어도 죽으면 안 되겠지요?"

"잘 모르겠습니다. 죽는 데에도 선택권이 있다고 생각합니다."

"그런데 그런 생각을 자꾸 하면 결국 죽게 돼요. 교통사고로 우연히 죽는 건 어쩔 수 없지만, 어떠한 일이 있어도 스스로 죽어서는 안 된다는 것을 1차 목표로 해야 해요. 지금 우리나라는 하루에 30명 이상이 자살을 해요. 그 대열에 끼고 싶어요? 죽는 것은 선택이라는 생각을 탁 바꾸어야 해요. 현재 상태에서는 1차 목표를 죽지 않는 것으로 하세요. 지금 '어떠한 경우에도, 아무리 죽고 싶어도 스스로 죽는 행위는 하지 않겠다'고 약속해보세요.

항상 '살아있는 것만 해도 다행이다'라고 생각하세요. 그리고 '저는 편안합니다. 저는 행복합니다. 저는 잘 살고 있습니다'라고 자기에게 꾸준히 암시를 주세요. '나라는 인간은 없는게 나아' 이런 생각은 하면 안 돼요. 그럴 때마다 생각을 돌이켜서 긍정적인 암시를 주어야 해요.

그리고 꾸준히 치료를 받아서 복직이 가능할 정도가 되면, 그때는 '직장 다니는 것만 해도 다행이다'라고 생각해야 합니다. '이만한 것도 다행이다'라고 생각하면 마음이 좀 편안해지고, '빨리 완치해야지' 하면 조급해지기 때문에 병을 증폭시키게 돼요.

우리는 언제 어디서라도 누구나 다 행복할 수 있습니다. 여러분이 이 원리를 알아서 어떤 상황에서도 행복하게 살았으면 좋겠습니다. 우울증에 걸린 사람도 행복할 권리가 있고, 매일 밤마다 잠을 못 자서 약을 먹어도 행복할 권리가 있습니다. 어떤 경우에도 우리는 행복할 권리가 있습니다. 이렇게 마음의 이치를 알고, 꾸준히 잘 치료하면 질문자도 행복하게 살아갈 수 있습니다."

부모님의 기대가 너무 커요

"외동이어서 부모님의 기대가 큰 편입니다. 성적, 학벌은 물론 아직 일어나지도 않은 직장이나 결혼에 대한 이야기도 많이 하세요. 부담스러우면서도 한편으로는 그 기대에 미치지 못해 죄송한 마음이 들고, 못난 제가 싫어져요."

"여러분은 다 괜찮은 사람이에요. 조선시대에 태어난 선조들보다 뛰어나고 부모님 세대보다 나아요. 여러분은 자기 평가 기준이 너무 높기 때문에 자기가 부족하다고 생각하고 위축되어 있어요. 여러분 한 명 한 명이 다 괜찮은 사람이고 귀한 존재입니다. 자기를 하찮게 보거나 학대할 필요가 없습니다.

이와 동시에, 여러분은 길가에 핀 풀꽃처럼 특별할 것 없는 존재이기도 합니다. 그런데 부모님은 자기 자식을 대단하게 여깁니다. 이런 기대가 너무 크기 때문에 무거운 짐을 지고 힘들어하는 청년들이 많아요. 그러니 부모님이 나를 어떻게 키웠든 스무 살이 넘으면 무거운 짐을 벗어버리세요. 평생 부모님의 노예가 되어 살 수는 없잖아요. 내 인생은 내가 사는 것이니까요.

과잉기대는 부모님의 문제니까 내가 다 채워줄 수는 없어요. 그렇다고 그걸 갖고 부모님을 원망해서도 안돼요. 부모님의 기대와 실망을 모두 내가 책임지겠다고 생각하면 평생 부모님의 종이 되고 노예가 됩니다.

그런데 여러분은 거꾸로 살고 있어요. 성인이 된 후에도 부모님께 돈을 달라고 하거나, 결혼한 뒤에 아이를 맡겨서 키워달라고 하면서 부모님을 힘들게 합니다. 그러면서 한편으로는 어머니 아버지의 기대를 채워드리지 못했다며 스스로를 괴롭히고 살아요.

우리는 각자 자기 갈 길을 가야 합니다. 제가 출가한 것이 부모님을 괴롭힌 것이 아니듯, 여러분이 결혼을 안 한다고 해서 부모님을 괴롭히는 게 아니에요. 그저 부모가 원하는 대로 하지 않았을 뿐입니다. 내 의지에 따라 하거나 안 하면 되는 것이지, 어머니 아버지의 요구 때문에 억지로 따를 필요는 없습니다. 부모님이라는 무거운 짐을 덜어야 부모님도 나도 각자의 인생길이 가볍게 열립니다. 서로를 괴롭히며 원망할 필요는 없습니다.

우리는 모두 괜찮은 사람이에요. 그러니 자신감을 갖고 웃으면서 가볍게 삽시다."

인간관계가 어려워요

"제가 인생을 살면서 새롭게 만나는 인연들이 있습니다. 그분들과 관계를 어떻게 하면 아름답고 길게 이어갈 수 있는지, 나이가 들수록 고민이 됩니다. 어렸을 때는 쉽게 만나고 친해지고 했는데, 지금은 사람을 만날 때 고민도 많이 생깁니다. 상대가 제가 생각했던 기준 이하의 행동이나 말을 했을 때 상처와 스트레스를 많이 받아요. 그래서 이런 부분을 어떻게 잘 극복해 나갈 수 있을지 조언 부탁드립니다."

"질문자의 현재 상황이 십년 전 어릴 때와는 다른 데도 질문자가 사물을 보는 관점은 어릴 때와 동일합니다. 어린아이들은 돈 벌 일도 없고, 부모가 마련해주는 기반 위에서 만나니까 이해관계가 덜 상충하는 거예요. 물론 아이들 사이에도 이해관계가 있지만 어른하고는 엄청난 차이가 있습니다. 그런데 스스로 생활을 책임져야 하는 성인과 성인이 만날 때는 아이들에 비해서 훨씬 많은 이해관계 속에서 만날 수밖에 없습니다.

그런데 지금 질문자가 어렸을 때의 관점으로 성인을 만났기 때문에 실망이 큰 거예요. 그 사람이 문제가 아니라 질문자가 관점을 잘못 잡고 있어요. 몸은 어른이 됐는데, 사물을 바라보는 것은 어린아이 같은 관점을 가진 데서 생긴 문제입니다.

어릴 때 맺었던 관계를 어른이 되어서 그대로 고집하고 있어요. 만약에 형제라면 어릴 때의 형제는 한 가족 구성원이에요. 어머니, 아버지, 아이들과 함께 같은 가족 구성원인데, 커서 결혼을 하면 새로운 가족이 구성되는 거예요. 그렇게 되면 나와 언니, 오빠는 다른 가족 구성원이 되면서 이제는 이웃이 됩니다. 이제는 한 가족이 아니에요. 그런데 그것을 한 가족이라고 착각하기 때문에 형제 간에 갈등이 생깁니다. 그러면 '어릴 때는우리 형제가 재산 가지고 싸우고, 이렇게 갈등을 일으킬 줄은 생각도 못 했다' 이렇게 말합니다. 그런데 이런 갈등은 너무나 당연한 거예요.

세상이 변했는데 그 이전의 인식의 틀을 가지고 지금 세상을 보면 맞지 않습니다. 자신의 인식 틀을 가지고 세상을 보고 그게 이해가 안 되면 세상이 복잡하다고 합니다. 세상이 복잡한 것이 아니라 자기가 세상을 바라보는 인식의 틀이 낡은 것입니다. 자기의 인식 틀을 바꿔야 합니다. 항상 현재 있는 그대로를 받아들여야 하는데, 과거의 틀을 가지고 지금의 세상을 이해하려고 하니까 그 틀로 세상이 이해되지 않는 거예요.

사람을 만났을 때 상대가 이익을 추구한다고 해서 나쁘다고 할 수는 없습니다. 이익을 추구하는 만남도 있고, 또 어떤 사람은 그냥 대화를 원하기도 해요. 사람을 만나보면 나와 상대가 원하는 것이 서로 다릅니다.

나는 이익을 추구하려고 만났는데 상대는 그렇지 않을 때, 관계를 유지하려면 내가 목표를 바꾸고 상대에게 맞춰야 합니다. 그렇지 않고 이익 추구라는 내 목표를 이루려면 관계의 대상을 바꾸어야 합니다. 내 목표에 이 상대가 별로 도움이 되지 않기 때문입니다. 이것은 이기주의라서가 아니라 자기의 목표를 비교적 분명하게 하기 위해서입니다. 이처럼 관계의 모순점이 발견되면, 관계의 목표를 바꾸든 관계의 대상을 바꾸든 전환해야 합니다."

엄마가 동생에게만 관심을 가져요

"스물일곱 살 사회초년생입니다. 좋은 엄마가 되고 싶은데 그러지 못할 것 같아 고민이에요."

"결혼했어요?"

"아니요, 아직 남자친구도 없습니다."

"우선 좋은 여자 친구가 되는 법부터 배워야지요. 여자 친구가 되고, 애인이 되고, 결혼하고 아이까지 낳아 엄마가 되려면 아직 까마득하네요. 나중에 걱정해도 되지 않을까요?"

"좋은 엄마가 되는 게 힘들겠다고 한 이유는 제가 엄마에 대한 감정이 안 좋기 때문이에요. 엄마는 늘 몸이 약한 동생만 우선하셨고, 제게는 '너는 혼자서도 잘하니까 동생 좀 돌봐라' 이런 식이셨어요. 동생에게는 사업자금도 대주시고 어떤 차를 갖고 싶은지도 물어보시지만, 저한테는 '힘들지?'라는 따뜻한 말 한마디가 없으세요. 저도 사회생활 하느라 힘든데, 그 힘든 것도 다 엄마 탓인 것만 같고, 저 역시 엄마와 똑같이 될 것 같아서 고민입니다."

"엄마가 아픈 동생에게 관심을 많이 가지는 것 때문에 질투가 난다면 엄마의 사랑을 독차지하는 방법이 있어요. 동생보다 더 많이 아프면 돼요. 결혼은커녕 혼자서는 도저히 살 수 없을 정도로 눈도 안 보이고, 귀도 안 들리고, 다리도 못 써서 휠체어를 타고요. 이렇게 장애를 갖게 되면 엄마가 질문자에게 관심을 더 많이 가지고 재산도 질문자에게 더 많이 물려줄 거예요. 그렇게 건강이 나쁜 상태가 되어 부모로부터 관심을 받고 재산을 갖는 게 나아요? 관심을 못 받더라도 건강한 것이 나아요?"

"아니요, 신체 건강하게 사는 게 낫습니다."

"장애가 있는 아이와 장애가 없는 아이를 함께 키우는 대부분의 엄마는 자연히 장애가 있는 아이에게 더 많은 관심을 갖습니다.

강한 자보다 약한 자를 보살피는 마음이 바로 엄마의 마음이에요. 엄마들은 지진이 나거나 건물이 무너지면 자기가 대신 죽더라도 아기를 보호하려고 하거든요. 같은 자식이라도 큰아이보다는 작은 아이에게, 건강한 아이보다는 장애가 있는 아이에게, 공부 잘하는 아이보다는 공부 못하는 아이에게 더 마음을 씁니다.

그런데 요즘 엄마들은 '엄마'이기보다는 '이웃집 아줌마'인 경우가 많아요. 아이가 공부도 잘하고 인물도 잘생기고 능력이 있으면 좋아하고, 공부 못하고 말 안 들으면 미워하잖아요. 그건 '이웃집 아줌마의 마음'이에요. 인물도 못생기고 장애가 있고 말도 안 듣고 공부도 못해서, 세상 사람들이 다 내쳐도 유일하게 품어주는 게 엄마이고 엄마의 사랑이에요.

질문자의 엄마는 진정으로 엄마의 마음을 갖고 있는 거예요. 만약에 질문자를 능력 있다고 더 좋아하고 동생은 능력 없다고 내쳤으면, 그건 이웃집 아줌마지 진정한 엄마는 아니에요."

"다른 사람의 엄마라면 그렇게 생각할 수도 있을 것 같아요. 그런데 저희 엄마한테는 야속한 마음이 자꾸 듭니다."

"지금 질문자가 엄마를 미워하고 비난하는 것은 질문자 입장에서는 그럴 수도 있겠다 이해가 됩니다. 질문자 입장에서는 엄마가 동생에게 사랑을 더 주고 재산도 더 물려주는 등 동생에게 이익을 더 준다고 생각할 수도 있어요. 그러나 그건 엄마가 질문자를 어떻게 낳아서 키웠는지를 모르기 때문에 하는 생각이에요. 질문자는 자기가 저절로 큰 줄 알지만, 아이를 키우려면 아주 작은 것부터 큰 것까지 다 엄마의 손길이 가야 해요. 한밤중이며 새벽이며 가리지 않고 기저귀 갈고, 젖병 물리고, 업어주고 안아주고, 해야 할 일이 한두 가지가 아니에요. 그렇게 해서 질문자를 키운 거예요."

"엄마에게 감사할 줄 알아야 한다는 스님 영상을 많이 보기는 했지만, 다시 엄마가 밉고 서운한 마음으로 돌아갑니다."

"물론 질문자가 많이 섭섭했을 수도 있겠지만 이것은 본인에게 전혀 도움이 되지 않습니다. 그런 마음이 들 때마다 '엄마, 이렇게 건강하게 살 수 있게 낳아주시고 키워주셔서 감사합니다' 이렇게 엄마에게 감사한 마음을 가져야 합니다. 감사한 줄 알면 미움이 저절로 치유돼요. 처음엔 어렵겠지만 자꾸 해보면 맺힌 마음이 좀 풀릴 거예요. 질문자가 지금의 상처에서 자유로워지려면 꼭 필요한 일입니다."

"한번 해보겠습니다."

"어렵게 생각하지 마세요. 엄마에게 고마웠던 기억이 정말 없는지 떠올려보기도 하고 글로도 써보면 도움이 될 거예요. 이렇게 자기 안의 상처를 치유해야 질문자가 엄마로부터 자유로워지고, 비로소 본인이 원하는 좋은 엄마가 될 수 있습니다."

언제 어디서 어떠한 상황에 부딪히든
일어나는 마음을 바로 알아차릴 수 있다면,
그것이 수행이고 기도입니다.
하지만 어떤 상황이 내게 닥쳤을 때,
바로 마음을 돌이키는 것은 쉽지 않습니다.
움직임이 부족한 도시인들에게
규칙적인 운동이 필요하듯이,
마음 알아차림도 연습이 필요합니다.
정해진 시간에 참회 기도를 하며
자신을 돌이켜보고 뉘우치는 마음을 내게 되면,
이미 쌓여진 업장을 소멸하는 것뿐만 아니라
일상에서도 늘 그런 마음을 낼 수 있는 힘이 생기게 됩니다.

남의 눈치를 자꾸 봅니다

"남의 눈치를 자꾸 봅니다. 무관심한 사람한테는 안 그런데, 연인이나 친구를 만날 때면 그들이 좋아할 만한 선택을 해서 제 계획과는 다른 일을 합니다. 그러다 보니 허무해지면서 괴로운 마음에 혼자 있고 싶어집니다. 단체 밖에 있을 때는 단체에 속하고 싶고, 막상 그 안에 있으면 눈치를 보며 답답해합니다. 제가 어떻게 수행해야 자유롭게 살 수 있을까요?"

"'나는 한 포기 풀이다' 이렇게 생각해 보세요. 다른 사람의 눈치를 보는 것은 그들에게 잘 보여 관심받고 싶어서 그래요. 길가의 한 포기 풀은 누가 보거나 말거나 아무 상관 없이, 꽃 피울 때가 되면 꽃 피우며 그 자리에 있어요. 그런데 질문자는 늘 나 좀 잘 봐주었으면 싶고, 사랑한다는 말을 듣고 싶어 타인의 시선에서 자유롭지 못한 거예요. 본인 스스로 시선의 노예가 된 것입니다. 노예에서 해방되고 싶거든

남 눈치 안 보며 스스로의 인생을 살아가는 한 포기 풀처럼 사세요. 수행할 때도 '나는 한 포기 풀이다' 하고 반복 암시를 주세요. 처음에는 잘 안 되더라도 지속적으로 하다 보면 조금씩 편안해질 거예요. 그런데 남들한테 잘 보여서 뭐하려고 해요?"

"……"

"잘 봐달라고 하면 상대가 나를 잘 봐줄까요, 잘 봐주고 말고는 그들의 몫일까요?"

"그건 그들의 생각입니다."

"그들의 생각인데 왜 굳이 간섭하려고 해요?"

"사랑받고 싶어서 그런 것 같아요."

"사랑은 받아서 뭐해요?"

"잘 모르겠습니다. 그런데도 받고 싶습니다."

"그건 '사랑고파 병'에 걸려서 그래요. 아마 어려서 충분한 사랑을 못 받고 자란 영향도 있을 거예요. 어릴 때 어머니가 많이 바쁘셨어요?"

"네. 생활도 바쁘셨고, 당신 스스로도 사랑받고 싶으셨던 것 같아요. 어머니도 많이 외로워하셨거든요."

"그 어머니의 그 딸이네요. '사랑을 받고 싶다'는 것은 '나는 남의 노예가 되고 싶다'는 것과 같습니다. 기쁨은 남을 사랑하는 데 있습니다. 내가 꽃을 예뻐하면 내가 좋아요, 꽃이 좋아요?"

"제가 좋습니다."

"내가 '이야, 저 산 참 아름답다'고 하면 내가 좋아요, 산이 좋아요?"

"제가 좋습니다."

"그렇게 잘 알면서 왜 자꾸 '산아, 꽃아! 나 좀 좋아해 줘'

라고 해요? 이제부터는 사랑받기보다 먼저 사랑하세요. 질문자는 지금 사랑도 상대에게 준 만큼 받으려는 셈을 하느라 자유롭게 사랑하지도 못하는 거예요. 그러니 행복하고 싶다면, 다만 사랑하세요. 한 번 따라해 보세요. 다만 사랑하라."

"다만 사랑하라."

"네. 거래가 아닌, 다만 사랑하세요. '나 너 좋아. 너 참 예쁘네' 이렇게 마음을 내면 그 마음을 내는 사람이 행복해집니다. 지금은 이걸 거꾸로 하고 있으니까 행복하지 않은 거예요. 행복하려면 어떻게 해야 한다고요?"

"제가 사랑하라구요."

"네, 받는 것이 행복이 아니라 주는 것이 행복입니다. 우리가 사랑한다면서 미움이 생기는 것은 돌려받으려는 마음이 있기 때문인데, 질문자도 더 이상 사랑받으려 목매지 말고 내가 남을 사랑해 보세요. 그러면 자기가 행복해집니다."

"네, 알겠습니다. 그런데 제가 봉사활동을 할 때도 이 비슷한 마음이 듭니다."

"그건 '나 봉사하니 칭찬 좀 해줘' 하는 마음이 있어서 그래요. 이런 사람이 책 사인할 때 와서 웃으면서 '스님, 사인 좀 해주세요. 제 이름도 써주세요'라고 부탁합니다. 그러면 제가 '내 이름은 내가 쓸 테니, 본인 이름은 본인이 쓰세요'라고 합니다. 그러면 입을 삐죽 내밀거나, 사진 찍자는데 같이 안 찍어주면 서운해해요. 그래서 이런 분들이 오면 원수 될까 봐 겁나요.

세상에 나를 좋아하지 않는 사람과는 원수가 안 됩니다. 나무와도 원수 된 적이 없고, 풀과도 산과도 원수 된 적이 없는데, 나를 좋아하는 사람과는 원수가 됩니다. 그만큼 기대가 크고 자기 좋아해달라는 요구가 있기 때문이에요.

그래서 저는 누가 저를 좋다고 하면 소름이 돋아요. 잘못하면 원수 되겠구나! 하구요. 질문자도 자기 좋다고 다가오면 몸서리치는 자세를 가지세요. 그러면 세상에 눈치 볼 사람도 원수 될 사람도 없이 자유롭게 살 거예요."

2

관점 바꾸기

친구가 너무 잘난 척해요

“착하고 공부도 잘하는 친한 친구가 언젠가부터 너무 잘난 척 해서 정이 떨어졌습니다. 그런데 그 친구는 여전히 저를 친근하게 대해서 부담스럽습니다. 친구를 어떻게 대해야 할까요?”

“여기 마이크와 물병과 컵이 있죠? 물병을 기준으로 봤을 때, 물병은 마이크보다 작고 컵보다는 큽니다. 그러면 이 물병은 커요, 작아요?”

“적당합니다.”

“그러면 다른 사람들에게 물어볼게요. 이 물병이 큰지 작은지 말해보세요..”

청중1: “물병은 비교 대상에 따라 크기가 달라집니다. 크다는

말도 작다는 말도 다 맞는 것 같습니다."

청중2: "마이크보다 작고, 컵보다 큽니다."

청중3: "비교 대상에 따라 상대적 크기는 달라질 수 있지만, 물병이라는 존재 자체로만 보면 세상에서 제일 큽니다."

청중4: "물병의 크기는 보통입니다."

청중5: "그 물병은 작습니다. 저보다 작기 때문입니다."

청중6: "알 수 없습니다. 마이크랑 물병을 비교하면 물병이 키는 크지만 부피 면에서는 알 수가 없습니다. 컵과 비교해도 마찬가지입니다."

청중7: "작습니다. 제가 보기에 작기 때문입니다."

청중8: "그 물병은 크지도 작지도 않습니다. 비교 대상이 없어서 비교할 수 없습니다."

"다시 질문자에게 물어볼게요. 질문자는 스님의 질문과

청중들의 대답을 들으면서 뭘 느꼈어요?"

"저마다 생각이 다른 것 같습니다."

"그중에 제일 합당한 대답은 어떤 것 같아요? '큽니다, 작습니다, 적당합니다, 모릅니다, 말할 수 없습니다, 크지도 않고 작지도 않습니다' 중에서요."

"저는 적당하다고 생각합니다."

"이 물병은 크다고 할 수도, 작다고 할 수도 없어요. 다만 우리가 크거나 작다고 인식할 뿐이지요. 다시 말해서, 크거나 작다는 것은 존재 자체에 있는 것이 아니라 나의 인식에 있는 거예요. 마이크와 비교할 때는 작다고 인식되고, 컵하고 비교할 때는 크다고 인식됩니다.

모든 존재는 크거나 작다고 할 수도 없고, 새 것이나 헌 것이라 할 수도 없고, 좋거나 나쁘다고 할 수도 없어요. 다만 그것일 뿐이에요. 내가 어떻게 인식하느냐에 따라서 크게도 작게도 인식되고, 좋거나 나쁘게도 인식되는 거예요. 그러면 질문자가 말한 친구는 좋은 친구예요, 나쁜 친구예요?"

"좋은 친구도 나쁜 친구도 아닌 것 같습니다."

"그래요. 그 친구는 그냥 자기 나름대로 말하고 행동하고 공부하는데 내가 보기에 '저 자식, 잘난 척하네' 이렇게 인식하는 거예요. 그 친구가 진짜로 잘난 척한 게 아니라 내가 보기에 그렇게 보인 것뿐입니다. 그러면 문제가 해결됐어요?"

"네, 완벽하게 해결됐습니다. 감사합니다."

"여기 있는 우리는 누구도 잘나거나 못난 사람이 없고, 좋거나 나쁜 사람도 없어요. 다만 나와의 관계에 따라 내 인식상에 크게 보이거나 작게 보이는 사람, 좋아 보이거나 나쁘게 보이는 사람이 있을 뿐입니다. 그런데 그것은 내가 그렇게 인식하는 것일 뿐이지 존재 자체가 그런 게 아니에요. 그러니 '저 사람은 말이 많아 나빠'라고 판단할 게 아니라, '저 사람은 말이 좀 많고 공부를 좀 잘하는구나' 이렇게 있는 그대로 인정해야 합니다. 모든 존재는 다만 그것일 뿐이라는 진실을 알면 모든 게 평등해집니다."

같은 꽃을 보고도
어떤 사람은 예쁘다고 하고
어떤 사람은 아니라고 말합니다.

말없이 피어 있는 꽃을 보고도
서로 다른 표현을 하는데
각자 자기 생각과 감정으로 하는 말에
내가 흔들릴 이유가 없지요.
어떤 칭찬이나 비난에도 걸림 없는
자유로운 삶을 사세요.

실수를 반복할 때마다
저를 다그칩니다

"실수를 반복할 때마다 스스로를 다그칩니다. 그러다보니 점점 더 긴장하게 되고 마음도 괴롭습니다. 어떡해야 하나요?"

"실수를 반복한다는 건 끊임없이 시도한다는 것입니다. 당연히 발전을 향해 나아가는 거구요. 저기에 목적지가 있고 저곳에 도달하려면 열 걸음을 가야 하는데, 한 걸음 갔는데 도달하지 못하고 두 걸음 세 걸음 갔는데도 도달하지 못했다면 이게 실패일까요? 아니요. 목적지에 도착하기 위한 과정이고 시도이며, 가야 하는 열 걸음 중에 한 걸음입니다.

그렇다면 반복되는 실패는 무엇일까요? 저녁에 술 마시고 아침에 속 쓰려 다신 안 마시겠다고 결심해 놓고 다음날 다시 술 마시고, 또 속 쓰려 후회하고 다시 금주 결심을 이렇게 열 번 이상 되풀이한다면, 이를 실패의 연속이라고 합니

다. 아무런 진전 없는 반복이 바로 업식, 까르마입니다. 습관화된 거예요. 실수를 통해 습관을 극복하는 것은 좋은데, 실수 자체가 잘못됐다고 생각하면 안 됩니다. 열 걸음 가야 할 것을 한두 걸음 가 놓고, '못 갔네, 안 되겠네' 하며 좌절하는 것은 욕심입니다. 실수를 잘못으로 본 것입니다.

누군가를 좋아해서 고백했는데, 상대가 싫다고 하면 상처를 받았다고 생각하지 마세요. 그 사람의 마음을 '확인했다'고 생각하세요. 오히려 잘 된 일입니다. 고백하지 않았다면 계속 짝사랑만 할 뻔했잖아요. 상대가 싫다고 하면, 내 마음을 정리하면 됩니다.

내 마음이 포기가 안 될 때도 마찬가지예요. 상대에 대해 연구할 수 있기 때문이에요. 나에 대한 호감이 50이 아닌 0에서 출발한다고 생각하고, 상대가 좋아할 일들을 연구하고 실행해 볼 수 있습니다. 그렇게 했는데도 상대가 싫다고 하면 깨끗하게 단념하면 됩니다.

그런데 이런 실수가 왜 문제가 됩니까? 여러분은 한두 번 실수로도 쉽게 좌절하고 괴로워하는데, 그건 어릴 때부터 아무 노력 없이 받기만 하면서 살아왔기 때문에 그렇습니다.

내가 수고해서 번 돈은 함부로 안 쓰지만, 하고 싶은 일에는 적극적으로 쓰죠. 하지만 부모가 주는 돈은 개념 없이 쓰면서도, 진짜 쓰고 싶은 곳엔 야단맞을까 봐 못쓰기도 합니다. 청소도 세탁도 음식도 내가 직접 하는 것이야말로 학습이에요. 이런 일들을 지금까지 부모가 대신 해줬는데, 죽을 때까지 돌봐주지 않는 이상 언젠가는 내가 맞닥뜨려야 합니다. 이 문제를 초등학교 때 해결하는 게 나을까요, 서른 살에 하는 게 나을까요?"

청중: "초등학교 때요!"

"그래요. 고착된 습관을 고치려면 힘들어요. 그래도 극복해야 합니다. 상황을 딛고 나아가려면, 한 발 한 발 내 힘으로 가야 합니다. 그 누구도 내 삶을 대신해줄 수가 없으니까요. 실수에 대해 조바심이 생길 때 이렇게 생각해보세요. 농구 선수가 골대에 공 넣는 연습을 할 때, 공이 들어가도 다시 던지고, 안 들어가도 다시 던지면서 연습합니다. 이렇게 연습이라는 것은 들어가도 하고 안 들어가도 하는 겁니다.

우리 인생도 뜻대로 되거나 안 되거나 그냥 살아가는 것입니다.

이제 자기 인생은 자기가 살아야 합니다. 누구도 여러분의 인생을 대신해서 살아줄 사람이 없습니다. 나라님이 대신 살아주겠습니까? 부모가 살아주겠습니까? 부모도 어떻게 살아야 할지 몰라서 저에게 묻잖아요. 부모 옆에 붙어서 '부모가 다 해주겠지' 생각하면 안 됩니다. 그러니 스무 살까지는 도움을 받아도 그 이후부터는 자기가 선택하며 살아야 합니다. 여러분이 살면서 하는 실수들은 인생의 당연한 과정입니다. 열 개를 도전하면, 아홉 개가 안 되고 한 개가 되는 게 인생입니다. 저는 그것이 당연하다고 생각하니까 괴로움이 없는데, 여러분은 열 개 중에 아홉 개가 되고 한 개가 안 되는 걸로 생각하니까 항상 괴로운 거예요. 질문자가 괴로운 것은, 안 되는 게 당연한데도 반드시 돼야 한다고 생각하기 때문입니다.

일례로 다섯 명의 이성을 떠나 보낸 사람이 한 번 만에 결혼에 성공한 사람을 부러워해요. 달리 생각하면 한번의 연애로 결혼한 사람은 평생 한 명의 이성밖에 못 만나고, 다섯 명을 만나고도 결혼을 못 한 사람은 벌써 다섯 명이나 만나봤다고 볼 수 있습니다. 다만 다섯 명의 이성을 만나면서 '내가 얼굴만 보거나 내 고집이 세니까 이성이 떠났구나' 이런 걸 터득해야 합니다. 내 기준을 지나치게 높게 잡으면, 현실의 자기에 실망해서 자신이 초라하게 느껴지고 열등의식도 심해져 심리적으로도 불안해지고 삶도 피곤해집니다.

실수로 처지는 마음이 일어날 때는 '습관이지 다른 것이 문제가 아니다'라고 생각해보세요. 그리고 다시 도전하고, 다시 또 도전하면 됩니다. '저 여자한테 말 걸어볼까 말까' 할 땐 확 걸어 보세요. 그래서 퇴짜를 확실하게 맞으세요. 그런 식으로 연습하다 보면 쓸데없는 시간 낭비를 줄이게 되어, 삶이 굉장히 생기가 도는 쪽으로 바뀝니다."

제대 후 생활이 막막해요

“군대 전역이 한 달밖에 안 남았는데 전역 후 진로가 고민입니다. 아직 뭘 하고 싶은지도 잘 모르겠고, 밖에서 하던 공부를 계속하자니 적성에 안 맞는 것 같습니다. 입대할 때도 진로를 고민하다가 도피하듯이 입대했는데, 막상 전역 때가 되었는데도 변한 것이 없어 막막합니다.”

“전역하는 날까지는 전역을 생각하지 마세요. 물론 하지 말라고 해도 저절로 생각이 떠오른다는 것은 알지만, 전역하는 날 아침까지는 ‘전역하면 뭘 할까?’ 하는 생각을 하지 마세요. 지금 아무리 공상해본들 막상 제대하면 별로 도움이 안 됩니다.

여기 군대에서만 할 수 있는 일, 나가면 할 수 없는 일, 이 안에서만 가능한 일이 무엇일지 생각해 보세요. 그리고 지금부터는 제대할 때까지 그것을 충실하게 해보세요. 운동도 열심히 하고, 훈련도 열심히 받아보고, 선후임 관계를 떠나 참 괜찮은 사람이라는 평가를 들을 수 있도록 후임병이며 친구들과도 잘 지내고요. 그러면 이 한 달은 본인에게 가장 소중한 시간이 될 겁니다.

학교 수업 시간에 몰래 다른 과목 숙제나 공부를 해본 적 있죠? 자기 딴에는 공부를 하는 것 같아도 그렇게 눈치를 보며 공부하면 집중이 안 돼요. 지금 하는 수업에 집중하는 것이 가장 효율적이듯이, 군대에서는 군대 일을 충실히 하는 것이 가장 효율적이에요. 이곳에서 남은 한 달을 전역 후만 생각하며 지낸다면, 인생살이에서 한 달을 낭비하는 것과 같아요.

전역 후에 대한 생각이 그래도 자꾸 떠오른다면, '전역하면 문경으로 법륜 스님을 찾아가서 수련을 해보겠다' 이렇게 생각해보세요. 실재로는 제대 후 다른 일을 해도 좋고, 별다른 계획이 없으면 수련을 해도 좋습니다. 그렇게 수련을 하고 나면 어떻게 살아야 할지 자기 점검이 되니까요. 지금 여기서 나중 일을 백 번 생각해본들 다 번뇌 망상에 불과합니다. 자기 인생을 한 달 죽이는 일이 될 뿐 아무 소용이 없어요.

예전에 제가 예비군 훈련에 갔을 때 일이에요. 지휘관이 체육복으로 갈아입혀 훈련을 시켰더니 열의가 없던 참가자들이 아주 열심히 임했습니다. 군복 차림일 때는 군사 훈련이라고 느껴서 억지로 했지만, 체육복을 입으니 운동이라고 느꼈던 거예요. 똑같은 일이어도 사람의 심리가 큰 영향을 미칩니다. '운동 삼아 한다' 이렇게 마음을 적극적으로 내면 군대 생활도 즐거운 삶이 됩니다.

제대가 얼마 남았느냐와 상관없이 여러분 모두에게 해당하는 이야기예요. 이 안에서 할 수 있는 일을 적극적으로 해 보세요. 상사가 시켜서 어쩔 수 없이 한다고 생각하면, 늘 누군가에게 끌려 다니는 존재가 되고 말아요. '이곳에 좀 더 있고 싶은데 이제 한 달밖에 안 남았네' 이런 마음으로 생활해 보세요. 이렇게 마음을 적극적으로 내면 주어진 삶을 보람 있게 보내게 되고, 의무가 아니라 본인의 일처럼 느껴져서 일이 즐거워져요.

자신에게 주어진 삶을 늘 적극적으로 살아야 합니다. 클럽에 가보면 돈을 받고 무대 위에서 춤추는 사람이 있고, 돈을 내고 무대 밑에서 춤추는 사람이 있어요. 똑같이 춤을 추지만 돈을 받으면 노동이 되고, 돈을 주면 놀이가 돼요. 두 사람이 밭에서 똑같이 일하더라도 일 끝나고 '고맙습니다'라고 인사하는 사람이 주인입니다. 또 돈을 주는 사람이 주인이에요.

그런데 오늘날 우리는 주인이 되려고 하지 않고 스스로 종이 되기를 원해요. 사랑하는 사람이 아니라 사랑받는 사람이 되려고 하고, 베푸는 사람이 아니라 도움 받는 사람이 되려고 하고, 이해하는 사람이 아니라 이해를 받으려고만 하잖아요. 군대도 마찬가지입니다. 시키니까 어쩔 수 없이 한다고 생각하면 2년 동안 강제 노역하고 강제 훈련하는 노예 생활을 하는 종이 되어버리는 거예요.

요즘은 한 명만 낳아 키우는 가정이 많아서 아이가 커서 사회에 나가면 잘 적응하지 못하는 경우가 많은데, 군대에서는 성격도 취미도 취향도 다른 사람들과 지내는 체험을 해볼 수 있어 사회적응 훈련이 되기도 해요. 또 군대에서 규칙적으로 식사하고 운동하면 건강이 좋아집니다. 집에서 먹던 음식보다는 못하지만 군것질이 몸에 안 좋다는 사실도 배울 수 있어요. 이렇게 적극적으로 생각하면 여기서만 배울 수 있는 것들이 무척 많습니다.

주어지는 일이 어떤 것이든 자기에게 유리하게 전환할 수 있는 힘, 이것이 수행이에요. 군 생활이 얼마 남았든, 지금 나에게 주어진 삶을 긍정적으로 바라보고 적극적으로 임하면 그것이 엄청난 영양분이 됩니다. 그렇게 언제나 자기를 행복하게 하는 쪽으로 살아야 해요. 원치 않는 사건이 일어나도 웃을 수 있어야 합니다. 물론 아예 안 일어난 것보다는 나쁜 일이지만, 그것이 더 큰 사건을 예방하는 좋은 일이 될 수도 있어요. 사건 자체가 아니라 그 사건을 어떻게 받아들이느냐가 더 중요합니다.

한 달은 엄청나게 긴 시간입니다. 열두 번도 더 깨달을 수 있는 기간이에요. 고문을 당하는 사람에게는 한 달이 얼마나 긴 시간인지 몰라요. 그러니 그 한 달을 정말 보람 있게 보내야 합니다. 하루라도 방일해서 인생을 낭비하지 마세요."

우리는

이 길을 가면 저 길에,

저 길을 가면 이 길에 아쉬움이 남아요.

이는 어떤 선택이 더 옳은가의 문제가 아닙니다.

선택에는 책임이 따르는데

이것저것 모두 부담되니 고민만 하는 거예요.

일단 선택을 하고

선택의 결과를 받아들이겠다는 마음으로,

지금만 좋은 일보다는

지금도 좋고, 나중도 좋은 일을 선택하세요.

부모님과
소통이 안 돼요

"저는 외동으로 자라서 그런지 부모님과 소통하고 싶다는 욕구가 큰 편입니다. 직장 생활을 할 때에는 자취를 해서 부모님과 부딪칠 일이 없었는데, 직장을 그만두고 부모님 댁에 들어가 살면서 부딪칠 일이 많아졌습니다. 그렇다고 소통 욕구를 내려놓지도 못해 마음이 불편합니다. 어떻게 하면 부모님과 잘 소통할 수 있을까요?"

"질문자는 보통 상대의 얘기를 들어주는 편이에요? 자기 얘기를 상대에게 하는 편이에요?"

"제 얘기도 하고 싶고 부모님 얘기도 잘 들어드리고 싶어요. 그게 소통이라고 생각하는데 생각처럼 잘 되지 않아요. 부모님의 짜증 섞인 목소리를 들으면, 제게 하시는 말씀이 아니어도 듣기가 싫어집니다."

"소통의 핵심은 들어주는 겁니다. 국민의 이야기를 잘 들어주는 대통령이 소통을 잘하는 리더예요. 반대로 대통령이 본인의 이야기만 하고 국민의 이야기를 듣지 않는다면, 그 대통령은 독재자일 뿐입니다. 지금 질문자는 부모님이 내 말을 안 듣는다고 고민을 털어놓는 독재자와 같아요. 부모님이 내 이야기를 잘 안 들어주니까 계속 부딪치게 된다고 고민하잖아요.

부딪침은 내 마음대로 하려고 할 때 생기는 현상이에요. 질문자는 소통에 대한 욕구라고 생각하지만, 실은 자신의 욕구를 부모님에게 억지로 관철시키려는 거예요. 이런 부딪침은 질문자가 부모님 집에서 나오면 저절로 해결되겠지만, 지금은 나와서 살 수 없는 형편이라면 다른 방법을 모색해야죠.

지금처럼 함께 살되 부딪침을 줄이려면, 부모님보다 먼저 일어나 밥을 차려서 '어머니, 아버지, 식사하세요' 하고 말씀드리고, 식사 후에 설거지도 하고, 아르바이트라도 하면서 지내보세요. 저녁에도 집에 오면 청소며 남은 집안일을 해보세요. 그렇게 생활하면 부모님의 잔소리가 자연스럽게 없어집니다. 지금 자기 생활도 자립하지 못하면서 부모님이 다 큰 자식 뒷바라지 하느라 힘들어서 짜증내는 것조차 못 봐준다면 너무 자기 생각만 하는 거예요."

"네. 말씀 듣고 보니 제 욕심이었던 것 같습니다."

"지금처럼 부모님 집에서 살더라도 작은 일부터 자립적인 생활을 하는 게 좋습니다. 그러다 보면 부모님과 부딪치는 일도 많이 줄어들 거예요.

스무 살이 넘으면 부모가 자식을 돌봐야 할 아무런 의무나 책임이 없습니다. 마찬가지로 여러분도 부모님의 말을 무조건 따라야 할 의무가 없어요. 그런데 요즘 젊은이들은 아직도 어린아이처럼 부모님의 도움은 얻고 싶고 반면에 잔소리는 듣기 싫어하니 갈등이 생기는 거예요. 세상을 스스로 살아갈 수 있는 훈련이 되지 않아서 생긴 문제입니다.

이제 스무 살이 넘었으니 부모님과의 관계를 보호자와 피보호자의 관계가 아닌, 어른 대 어른의 관계로 바꾸는 훈련을 스스로 시작해보세요."

아빠 같은 남자는 만나고 싶지 않아요

"올해 서른일곱 살 직장인입니다. 어렸을 때부터 아버지의 경제적 무능력과 폭력으로 엄마가 엄청 힘들게 사는 모습을 보고 '아빠 같은 사람은 만나지 말아야지'라는 생각을 하며 지금까지 열심히 살아왔습니다. 그런데 한 가지 고민이 있어요. 저는 항상 남자를 만날 때, '아빠 같은 사람은 만나지 말아야지'라는 생각이 마음에 콕 박혀 있어요. 그래서 연애 경험은 많은데 아직까지 괜찮은 남자를 못 만난 것 같아요. 제가 어떻게 하면 좋은 남자를 만날 수 있을까요?"

"지금 마흔 안 넘었잖아요?"

"네, 그래도 위태위태합니다."

"절로 가서 출가를 하세요. 질문자는 어머니가 겪었던 길을 안 가겠다고 하는데 그러려면 출가하는 길밖에 없어요. 출가해서 남자와 거리를 두고 살면 어머니가 겪었던 길을 안 갈 수가 있어요. 가톨릭 신자라면 수녀가 되든지요."

"그런데 저는 결혼해서 정말 엄마처럼 안 살고, 행복하게 살고 싶거든요."

"만약에 질문자가 결혼을 하려면, '엄마 같은 삶을 살더라도 결혼을 한번 해보고 싶다' 이렇게 관점을 가져야 합니다. 어릴 때부터 부모님의 그런 모습을 보고 자랐기 때문에, 머리로는 나이가 들었으니 결혼해야 된다고 생각은 하지만 무의식적으로는 불안한 거예요. 그러니까 질문자는 사람을 사귀더라도 막상 그 남자가 '결혼하자' 그러면 겁이 덜컥 나서 도망가고 싶은 거예요. 그래서 결혼하기가 어렵습니다. 나중에는 고르고 골랐는데, 결과는 딱 아버지 같은 사람을 만나게 돼요. 그래서 지은 인연은 피할 수 없다고 하는 거예요. 이걸 완전히 피하려면 딱 머리 깎고 출가해버려야 해요.

만약에 결혼할 생각이라면 피할 생각을 하면 안 돼요. 어머니는 그래도 결혼해서 질문자 같은 딸도 낳아서 잘 키웠잖아요. 그런 것처럼 질문자도 아버지 같은 남자를 만나도 아들 낳고 딸 낳고 잘 살 거예요. 관점을 이렇게 가져야 두려움이 없어집니다.

'내가 아버지 같은 사람을 만나더라도 결혼 한번 해보겠다' 이렇게 생각하면 아버지 같은 남자에 대해서도 어머니처럼 대응을 안 하게 되는 거예요. 남자가 술을 마시고 무능력해도, '혼자 사는 것보다 낫고, 그래도 아버지보다는 낫다' 이렇게 생각하면 결혼을 해도 아무런 문제가 안 된다는 거예요.

'아버지 같은 사람을 안 만나겠다' 이런 생각에 사로잡혀 있다면 트라우마, 그러니까 어릴 때 입은 마음의 상처가 아직 남아있다고 볼 수 있습니다. 그래서 과거가 되풀이되는 과보가 따르는 거예요. 앞에서 말한 대로 그 과보를 기꺼이 받아들이겠다는 마음을 가지면, 질문자는 오히려 그런 환경에서도 반듯하게 자랐기 때문에 아무 문제가 없게 돼요. 그리고 '난 나쁜 환경에서 자랐다'는 생각도 버릴 수 있어요.

예를 들어 아주 사이가 좋은 부부가 있다고 하면, 그들은 부부끼리 서로 좋아서 사는 것이지 아이 때문에 사는 것은 아니에요. 아이들은 그냥 부부 사이에 껴서 산 거예요. 그런데 부부 사이가 굉장히 나쁜 집의 경우, 아이가 없었다면 부부가 헤어졌을 텐데 아이 때문에 살았던 거예요. 그러니까 부부 사이가 나쁜 집에서 자란 아이들은 엄마나 아빠의 사랑을 오히려 더 많이 받은 셈이에요."

"그러면 저도 가정폭력이 아니라 부모님의 사랑을 많이 받았다는 건가요?"

"이치를 깊이 들어가보면 그렇다는 겁니다. 질문자 부모님도 질문자 때문에 같이 산 거예요. 부부 사이가 나쁜 집안은 아이가 죽거나 집을 떠나면 부부가 헤어집니다. 그 부부는 아이 때문에 살았기 때문에, 사실 그 아이는 못 느꼈겠지만 어머니 입장에서는 아이를 훨씬 많이 걱정하고 사랑했다고 볼 수 있어요.

부부가 싸우는 건 그들의 문제니까 아이가 관여할 일이 아니고, 아이한테는 '엄마가 나를 사랑했고, 아빠가 나를 사랑했다'는 것만 중요한 거예요. 관점을 그렇게 가지면 마음의 상처가 치유됩니다."

"마음의 상처가 치유된 건 어떻게 알 수 있나요?"

"마음의 상처가 치유되면 아빠를 미워하지 않게 돼요. '아빠 같은 사람도 괜찮다', '결혼해서 살아보니 아빠보다는 좀 덜 하네' 이러면 사는 데 지장이 없어요. 결혼하려면 관점을 그렇게 가져야 해요. 지금은 말이 안 되는 것처럼 들려도 해보면 도움이 됩니다."

상사가 쓸데없는 일을 자꾸 시켜요

"군 생활을 하면서 많은 업무를 하고 있지만, 상관이나 지휘관이 '이건 좀 아니다' 싶은 업무를 시켜 우리를 힘들게 하는 경우가 종종 있습니다. 예를 들어 땅을 파라고 해서 열심히 다 파 놓으면, 다시 보니 별로라면서 도로 묻으라고 합니다. 나무도 옮겨 심으래서 옮겨 심으면, 여긴 아닌 것 같다며 다시 원래 위치로 옮기라고 합니다. 우리를 골탕 먹이려고 일부러 그런 건 아니겠지만, 이 정도로 말이 안 되는 일을 왜 시키는지 모르겠습니다. 그럴 때면 상관이나 지휘관이 싫은데 제가 어떤 마음을 먹어야 하는지 궁금합니다."

"아, 절 집안하고 똑같네요. 절 집안도 한 어른은 이거 하라 하고, 다른 어른은 저거 하라고 합니다. 예전에 어떤 절에서 물 긷고 밭 매고 나무하는 등의 부목 생활을 했었는데, 부목으로 살아보면 질문자와 같은 일이 생겨요. 한 사람이 빨리 화장실 치우라고 해서 오줌통 메고 가면, 다른 사람이 불러 밭 매라고 해요. 화장실 치우라고 한 사람은 가버리고, 밭 매라는 사람이 호미 들고 가자고 하면 안 따라 갈 수가 없잖아요. 할 수 없이 밭을 매고 있으면, 화장실 치우라고 한 사람이 와서 '왜 화장실 안 치웠냐?' 하고 야단을 쳐요. 그럴 때면, '나보고 어쩌라고! 너희가 교통 정리해서 나한테 내려주지, 왜 너희가 일을 벌여서 중간에 있는 나만 못살게 하냐! 나보고 도대체 어떻게 하라는 말이냐!'고 따지고 싶은 적이 많았기에 지금 질문이 절절히 이해가 됩니다. 그런데 문제는 이런 경우가 살다 보면 허다하게 생깁니다. 회사도 사장이 와서 시키는 일 다르고, 부장이 와서 시키는 일 달라요. 내가 이런 상황을 바로잡으려고 지휘관이나 상관에게 요구한다고 시정이 될까요? 안 되겠지요. 질문자는 지금 군대 부조리나 비효율을 고쳐주러 군대에 왔나요, 아니면 국민의 의무인 내 군대 생활 잘하려고 왔나요?"

"군대 생활 잘 하려고요."

"보통은 '사단장 말이 맞나, 여단장 말이 맞나? 누구 말을 들어야 하지?' 하거나 '높은 사람 말을 들어야 하나, 내 직속

상관 말을 들을까?' 하며 고민하는데, 이건 내 머리를 굴리는 짓입니다. 이럴 때 이것을 수행 차원에서 보면, 사단장이 파라면 그냥 파는 겁니다. 여단장이 '메워라' 하면 메우고요. '나무 심어라' 하면 심고, 다시 옮기라고 하면 옮기세요. 시키는 대로만 하라는 게 아니에요. 시키는 대로만 하면 종이 되는 것이지만, 이것은 스스로 나를 비우는 연습입니다. 이런 식으로 나를 놓아버리면 아무 모순이 없습니다.

하지만 사단장이 와서 '네 이놈, 파라는데 왜 안 팠냐?'라고 야단칠 때, '여단장님이 파지 말라 그랬는데요' 이러면 항변하거나 책임을 남에게 전가하는 거니 '죄송합니다. 파겠습니다' 이러고 파세요. 그렇게 땅을 파고 있는데 이번엔 여단장이 와서 '파지 말라 했는데 왜 팠냐?'라고 하면, 죄송하다며 그냥 안 파면 돼요. 이렇게 나를 비우는 연습을 하기에는 이것보다 더 좋은 경우는 없어요. 이 관점을 놓치지 않으면 모순과 짜증 속에서도 깨달을 수 있습니다.

그분들이 질문자를 깨우쳐주려고 그런 것은 아니지만, 이걸 긍정적으로 받아들이며 나를 놓아버리면 어느 순간 무아無我를 체득하게 됩니다.

이렇게 말도 안 되는 일을 수행으로 받아들이다 보면 모순에서 벗어나게 됩니다. 하지만 이것을 세속적으로 생각하면 모순에서 못 벗어날 뿐 아니라 이러지도 저러지도 못한 채 사면초가가 되어 '나보고 어떻게 하라는 말이냐!' 라고 문제를 제기하면 항변으로 끝나버려요. 그러나 그 순간 나를 탁 놓아버리면 두 가지 사이의 모순이 저절로 사라져 버려요.

사실 말이 쉽지 막상 해보면 잘 안 될 겁니다. 그러니 군대생활하는 동안 수행 과제 이 한 가지만 깨치고 제대해도 절에서 스님 생활 10년 하는 것보다 낫습니다."

여자 친구와 헤어져서 괴롭습니다

"저는 입대하기 전에 매우 사랑하는 여자가 있었습니다. 양가 부모님의 허락으로 8개월간 동거하면서 결혼도 승낙받은 뒤에 입대했는데, 많이 싸우면서 결국 여자 친구와 헤어지게 되었습니다. 이별한 지 6개월이 지났지만 아직도 괴롭고 힘듭니다. 그동안 여자 친구가 임신했다가 경제적 이유로 아기를 하늘로 떠나보냈던 것이 떠오르면서 죄책감이 더 크게 느껴집니다. 모든 게 저의 잘못이라는 생각에 더욱 괴롭고, 지금은 조울증 증세도 있습니다. 이제 고통에서 벗어나 정말 새 출발을 하고 싶습니다. 오늘 답답한 짐 하나 덜어 주셨으면 하는 간절한 마음으로, 스님께 여쭤봅니다."

"많은 사람 앞에서 꺼내놓기 어려운 이야기인데 잘했습니다. 오늘 이렇게 용기를 내어 질문한 것으로 이미 문제의 절반은 해결되었다고 할 수 있어요. 이걸 말 못 하고 혼자 끙끙

대면 큰 사고로 이어질 위험이 있는데, 본인이 이렇게 많은 대중 앞에서 드러냈다는 자체만으로도 위험한 고비는 넘겼다고 볼 수 있습니다.

질문에 답하기 전에 우선 우리의 정신작용에 대한 이해가 필요합니다. 어떤 사람이 꿈속에서 강도를 만났다고 합시다. 강도는 쫓아오고 이 사람은 도망가면서 살려달라고 아우성을 칩니다. 그런데 만약 옆에 사람이 깨어 있다면, 그 사람의 고통스러운 소리를 듣고 '잠꼬대한다'라고 말할 겁니다. 하지만 꿈을 꾸는 당사자에게는 꿈속의 강도가 엄청나게 큰일로 느껴지고, 옆 사람의 조언이 안 들립니다.

이러한 꿈꾸는 상태는 뇌리에서 영상을 보는 상태입니다. 텔레비전 드라마나 영화를 볼 때도 똑같은 현상이 일어납니다. 어떤 드라마를 골똘히 볼 때, 누가 죽거나 헤어지면 눈물이 납니다. 하지만 스위치를 꺼버리면 거기에는 아무것도 없고 기계만 하나 있을 뿐입니다. 그런데도 드라마를 볼 때 눈물이 나는 것은 그 영상에 집중하기 때문입니다. 이걸 '사로잡힌 상태'라고 해요. 마음이 사로잡힌 상태에서는 꿈과 똑같은 증상이 나타납니다. 꿈에서 깨어난 뒤에 '아, 꿈이구나. 착각이었구나' 하고 알 수 있지, 꿈속에서는 그 사실을 절대 알 수 없어요.

지금 질문자는 사랑했던 사람에 대한 생각이 꽉 차 있는 사로잡힌 상태예요. 마치 환각과 환영을 보듯이 그 생각에 완전히 사로잡힌 거예요. 옆에서 누가 말해도 들리지 않고, 누가 위로해도 위로가 되지 않지요. 마치 꿈꾸는 사람에게 그것이 꿈이라고 이야기해도 안 들리는 것과 똑같습니다. 이럴 때는 본인 스스로가 지금 사로잡힌 상태라는 것을 알아차려야 합니다. 다시 말하면, 강도에게 쫓길 때 본인이 지금 이 상황이 꿈일지도 모른다고 자각하면서 눈을 뜨려고 해야 합니다. 눈이 잘 안 떠진다 해도 어떻게든 눈을 뜨려고 노력해보세요. 그러다가 눈이 탁 떠지면, 고통스러웠던 그 상황이 아무것도 아니라는 것을 깨닫게 됩니다.

지금 본인은 잘못했다는 과거의 생각에 빠져 있습니다. 그 생각이 현재 본인에게는 현실로 느껴지고 있는 겁니다. 이제부터는 '이게 사로잡힌 상태다. 깨어나야 한다' 이렇게 계속 되뇌어야 해요. 지금처럼 사로잡힌 상태가 지속된다면 정신적으로 어려움에 부닥칠 수 있습니다. 과거의 생각이 떠오르면, 고개를 흔들며 본인이 꿈꾸고 있다는 것을 알아차려야 합니다. 연병장에 나가서 달리기를 하든지 동기들과 얘기를 해보세요. 아니면 샤워를 하면서 그 생각에 끌려 들어가지 않도록 해야 합니다. 애인을 잊으라는 얘기가 아니에요. 그 생각을 계속하는 것은 늪에 빠지는 것과 똑같으니까, 고개를 흔들고 생각을 떨치도록 해야 합니다. 이렇게 자꾸 연습하다 보면 어느 순간 눈을 뜨게 됩니다.

잊어야 한다며 억지로 생각을 안 하려는 것도 사로잡힌 증상에 해당합니다. 생각은 굉장한 흡입력을 가지고 있어서, 생각을 하면 할수록 빨려 들어갑니다. 그렇기 때문에 그 생각에서 벗어나기 위해서는, 속으로는 울더라도 겉으로는 웃으면서 뛰고 일하며 생각할 겨를이 없도록 바쁘게 보내야 합니다. 이렇게 사람들과 어울려 재미있게 보내다 보면 조금씩 좋아지고 어느 순간에 밝아집니다.

만약 질문자가 이대로 과거의 환영 속에 계속 살게 되면 어느 순간에는 자학하게 되고, 부정적인 생각에 확 사로잡히면서 죽음을 선택할 수도 있습니다. 또 이것이 치유가 안 되고 마음의 상처로 남아 있으면 앞으로 연애는 굉장히 어려워집니다. 또 상처받고 실수할까 걱정돼서 상대에게 잘 다가가지 못하기 때문입니다. 상처가 환영처럼 작용해서 다른 사람과의 관계에서 늘 겹치기 때문에 연애나 결혼 생활이 어려워지게 됩니다.

그런데 질문자의 이런 증상의 원인은 여자 친구와 헤어져서 생긴 게 아닙니다. 원래부터 본인에게 심리적으로 편집증, 즉 어떤 생각을 하면 거기에 빠져드는 성질이 있어서 그래요. 어릴 때부터 편집증이 있다는 것을 느끼지 못했다면, 이번에 그 여자 친구와 연애하면서 자기 속성을 알게 된 거예요. 원래 본인이 지닌 편집증이 이번에 드러난 것입니다. 이런 편집증은 예를 들면 돈을 빌려주고 못 받으면, 그 생각이 머릿속에 계속 맴돕니다. 또 직장에서 믿고 따르던 상사에게 야단을 맞으면, 편집증으로 번져서 어떻게 그럴 수가 있느냐며 밤새 그 생각을 하며 미워하는 등 사회 생활을 하는 데 굉장히 큰 어려움을 겪게 될 것입니다.

그러니까 이번 경험이 아프긴 하지만, 이를 계기로 자신에게 그런 편집증이라는 위험 요소가 있다는 것을 발견한 겁니다. 군대에 왔을 때 이런 사건이 생긴 것을 긍정적으로 받아들여야 합니다. 앞으로 인생을 살면서 더 큰 아픔과 위험을 미리 막을 수 있었다고 생각하세요.

그리고 '나의 위험 요소를 먼저 치료해야겠다. 건강한 모습으로 애인에게 다가가야겠다. 그동안 나 때문에 얼마나 힘들었을까?' 이렇게 생각하세요. 그리고 전역하면 곧바로 여자 친구를 찾아가지 말고, 수련과 정진을 통해 내면의 상처를 먼저 치유해야 합니다. 그러면 여자 친구를 다시 만나도 지금처럼 싸우지 않고 진짜 좋은 관계를 맺을 수 있습니다. 또 헤어진다 해도 크게 상처가 안 되고, 나중에 다른 사람을 사귀더라도 똑같은 형태의 만남을 반복하지 않게 됩니다.

하늘로 보낸 아기에 대한 생각도 일종의 편집증으로 볼 수 있습니다. 만약 마음에 계속 걸리면 과일이라도 몇 개 장만해서 법당에 가서 부처님께 향 피우고 정성껏 천도재를 올리세요. 하지만 거기서 딱 끝내야 합니다. 아기에 대한 생각을 탁 놔버려야 해요. 그래야 한 번은 실수했어도 두 번 되풀이하지 않게 됩니다. 그런데도 만약에 자꾸 생각이 떠오르면 그건 질문자의 편집증에서 생긴 것임을 확실히 알아야 해요. 얼굴이 좀 어두운데, 이렇게 마음 고쳐먹고 밝게 생활

하세요. 질문자가 어려운 이야기를 용기 있게 해주셨어요.
그래서 이젠 가벼워질 수 있을 거예요."

시한부 선고받은 어머니,
슬픔을 주체하지 못하겠어요

"얼마 전에 어머니께서 난소암 말기 판정을 받으셨습니다. 의사 선생님께서 3개월 정도 사실 것 같다고 하십니다. 처음에는 너무 힘들어서 하루에 몇 번이고 울었는데, 가만히 생각해보니 제가 어머니보다 제 걱정을 하고 있는 걸 알았습니다. '엄마 죽고 나면 어떻게 살지?' 하는 생각이요. 제가 어떻게 마음을 다스려야 할까요?"

"어머니가 암에 걸려 사실 날이 얼마 남지 않았으니, 질문자가 슬픈 감정이 드는 건 당연한 거예요. 눈물이 나면 우세요. 그래도 어머니가 어느 날 갑자기 돌아가시는 것보다는 지금 상황이 낫다고 할 수 있어요. 3개월 동안 어머니와 헤어짐을 준비하는 시간을 가질 수 있으니까요. 그러니까 슬픔에 빠지거나 무기력하게 지내기보다는 지금 시간을 소중하게 활용하는 것이 어떨까요.

그리고 이 슬픈 감정은 어머니로부터 오는 게 아니라 나로부터 비롯되는 문제임을 알아야 합니다. 슬픔이 올라오고 눈물이 난다는 것은 내가 그 순간 죽음이라는 생각에 사로잡힌 거라고 볼 수 있어요. 사실 암이라는 병은 옛날과 비교해서 사람들의 수명이 길어지면서 생긴 병입니다. 나이 들어서 암에 걸리는 것은 오히려 자연스러운 일이라고 할 수 있어요.

그리고 '엄마가 죽으면 나는 어떻게 살지?' 하고 걱정하는 이유는 질문자한테 어릴 때 형성된 무의식이 작동해서, 질문자가 어린아이 같은 생각에 사로잡히기 때문입니다. 누구나 이런 심리를 가질 수는 있어요. 볼펜을 하나 잃어버려도 섭섭한데, 어머니가 돌아가신다는데 어떻게 슬프지 않겠어요. 가끔 욱하고 올라오는 슬픈 감정은 당연한 거예요. 가끔 눈물 좀 흘리면서 살아도 괜찮아요. 그러나 이는 어머니의 죽음 때문이 아니라 내가 순간순간 죽음이라는 생각에 사로잡히고 있음을 알아차릴 수 있어야 합니다.

우리가 세상에서 원하는 일들이 많이 있죠. 그런데 원하는 게 다 이루어지지 않아요. 여러분이 원하는 것도 이해가 되고, 원하는 것이 안 이루어져서 힘든 것도 이해가 됩니다. 그런데 조금만 정신 차리고 보면, 원하는 대로 다 이루어질 수 없다는 것을 알 수 있어요.

하지만 여러분은 자기가 원하는 것은 모두 이루어져야 한다고 잘못 생각하고 있기 때문에, 지금 좋은 조건에 있는데도 불만이나 무기력함을 느끼는 겁니다. 그러니까 우리가 눈물을 흘리거나 슬퍼할 때는 '과연 이게 울 일인가?', '이게 슬퍼할 일인가?'를 생각해봐야 합니다. 그렇게 내 자신을 지켜보면 내가 생각에 사로잡혀 있음을 알게 되면서, 차차 그 사로잡힘에서 벗어날 수 있게 됩니다."

불교 공부를 해도
왜 좋아지지 않을까요

"스님의 즉문즉설이나 유튜브 강의를 들으면 기분이 개운하고 좋아서 불교 공부와 함께 봉사도 하게 되었습니다. 초반에는 적극적으로 임하고 재미도 느꼈는데, 지금은 좋은지를 모르겠어요. 오히려 가기 싫을 때도 있습니다. 봉사 방법이 잘못된 걸까요? 아니면 제가 이상한 걸까요?"

"질문자가 불교를 잘못 알고 공부하고 있어요. 지금 질문자는 '불교 공부를 하면 내 기분이 더 좋아진다'라는 생각으로 공부를 하고 있지요? 관점을 그렇게 잡는 것 자체가 불교가 아니에요. 질문자는 '불교'라는 이름과 용어, 형식만 취하고 있을 뿐 불교와는 아무 관계가 없는 세속적인 공부를 하고 있어요. 불교 공부는 '내 기분이 더 좋아지는 것'이 아니에요. '내가 본래 괜찮은 사람이라는 사실을 발견하는 것'이 불교 공부입니다."

"저는 제가 괜찮은 사람이라는 생각이 안 들어요."

"그래서 아직 공부가 안됐다는 거예요. 제대로 깨달으면 '아, 내가 부처구나' 이렇게 알게 됩니다. 최소한 '아, 내가 이대로도 괜찮은 사람이구나' 이걸 깨달아야 해요. 지금보다 외모를 더 가꾸거나 돈을 더 벌거나, 또는 결혼을 해야 괜찮아지는 게 아니에요. 지금 이대로도 내가 괜찮은 사람인 줄을 스스로 아는 것이 불교예요.

그런데 질문자를 비롯한 많은 사람들이 자기 스스로를 하찮게 만들어놓고 그것을 개선하려고 열심이 살고 있어요. 거기다 남과 비교해서 자신을 더 좋게 만들려고 하는데, 그걸 욕심이라고 해요. 그러면 비굴하거나 교만해집니다. 그 욕심을 채우는 게 불교가 아니에요.

내가 지금 이대로도 괜찮은 줄 자각하면, 얼굴이 밝아지고 당당해지며 겸손해집니다. 그러면 다른 사람들도 '요즘 많이 좋아졌네요'라고 말하게 돼요. 질문자는 지금 불교 공부하고 봉사도 한다지만, 그 진수眞髓는 모르는 채 '불교'라는 이름으로 욕심을 채우려고 하고 있어요. 그렇기 때문에 질문자가 지금 하고 있다는 그 공부는 불법과 거리가 멀다는 거예요.

나는 실제로 괜찮은 사람이니까 남에게 도움을 받을 것이 아니라 주는 사람이 되어야죠. 그런데 왜 도움을 받는 비굴한 존재가 되려고 해요? 여기 있는 여러분도 마찬가지예요. 남을 좀 사랑해 주고 도와주면 될 텐데, 사랑받고 싶고 도움받고 싶어 하잖아요. 도움이 필요하다는 것은 불쌍하고 부족하다는 뜻이에요. 내가 남의 도움을 구하면 내 존재가 불쌍한 존재로 떨어지게 됩니다. 나는 누구를 만나든 도움을 주는 괜찮은 존재니까 보시도 하고 봉사도 하는 거예요. 그러면서 자기가 베푸는 존재임을 자각해 나갑니다. 행위를 먼저 하다가 자각이 일어나기도 하고, 자각이 일어나서 행위로 이어지기도 해요. 수행으로 절을 할 때도 그래요. 일단 억지로라도 고개를 숙이고 절을 하다 보면 겸손해지고, 겸손해지면 저절로 고개가 숙여져서 절을 하게 됩니다. 이처럼 앞뒤가 있다기보다는 같이 맞물려서 돌아가게 마련입니다.

불교 공부에서 봉사 활동을 하는 이유는 내가 남에게 조금이라도 도움이 되는 세상에 필요한 사람이 되기 위함입니다. 또 다양한 사람과 어울려 봉사하다 보면 여러 가지 감정이 일어나는데, 그때 그런 자기 모습을 보는 게 수행이고 불교 공부예요. 그래서 '봉사가 곧 수행이다'라고 말합니다. 질문자는 이처럼 봉사 활동을 수행 삼아 해보면 좋겠습니다."

리더십이란 무엇일까요

"최근에 '리더십이 뭐라고 생각하느냐'라는 친구의 질문을 받고 '상대방이 일을 잘 하게끔 편안하게 해주는 것'이라고 답했습니다. 스님이 생각하시는 리더십은 무엇인지 궁금합니다."

"리더십은 일부러 만드는 게 아니라 저절로 만들어지는 거예요. 사람들에게 조금이라도 도움을 주면 자연히 생겨나게 마련입니다.

전쟁 중일 때 군인은 계급이 높다고 리더십이 생기지는 않습니다. 전략과 전술도 잘 구사해야 해요. 반면에 흉년이 들었을 때 거지들에게는 잘 얻어먹을 수 있도록 하는 게 리더십의 우선 조건일 거예요. 군인처럼 용감하게 싸우는 재주보다 웃는 얼굴로 말을 잘해서 동냥을 많이 얻어오는 재주가 더 필요하겠죠.

이처럼 상황에 따라 달라지기에 '리더십이란 이런 것이다'라고 한마디로 정리하긴 어렵습니다. 그러나 리더십이 생기는 공통된 요인에 대해서는 얘기할 수 있어요. 리더십은 자기가 속한 그룹에서 필요로 하는 일을 하는 사람에게 생깁니다.

예를 들어 어떤 행사를 준비하느라 다 같이 물품을 나른다고 해봅시다. 그중 한 사람이 힘들다는 핑계로 공동 짐을 들지 않을 뿐더러 본인의 짐까지 남한테 떠넘긴다면, 그 사람이 아무리 예쁘고 잘생겼어도 리더십이 있다고 하기 어려워요. 힘이 세거나 말을 잘한다고 리더십이 생기는 것도 아니에요. 내가 힘들더라도 남의 물건 하나라도 더 들어주는 사람이 자연스럽게 다른 이들을 이끌게 됩니다.

다 같이 일할 때는 휴대폰만 들여다보다가 밥먹을 때 자기 숟가락만 들고 오는 사람은 리더가 될 수 없습니다. 여러 사람이 며칠이라도 함께 살아보면 '그 사람이 없으면 안 된다'는 평가를 듣는 사람이 자연스럽게 리더가 돼요. 이처럼 어떤 조건, 어떤 상황에서든 다른 사람들이 필요로 하는 사람이 되는 게 리더십이라고 할 수 있습니다.

권력이나 돈을 내세워서 명령이나 권위 같은 힘으로 지배하는 걸 지금까지는 '카리스마적 리더십'이라고 했어요. 우리 사회의 리더십은 주로 그런 경우였습니다. 일제 강점기와 한국전쟁을 거치면서 어려움이 많았기에 카리스마적 리더십을 좋게 보고 따르는 사람들이 많았습니다.

그러나 제가 생각하는 리더십은 그렇게 힘으로 지배하는 것이 아니라 세상 사람들이 저절로 따르게 되는 것이에요. 어떤 상황에서도 '그래도 그 사람이 있어야지'라는 평가를 듣는 게 진정한 리더십입니다. 그렇게 되려면 우선 나부터 편안한 사람이 되어야 해요. 내가 힘들어서 상대에게 짜증을 내는데 누가 날 좋아하겠어요?

그러니 리더십을 계발하려면 첫 번째로는 남을 도와주지는 못하더라도 우선 자기부터 좀 편안해야 하고, 두 번째로는 놓인 상황이나 속한 그룹에서 남에게 조금이라도 도움이 되어야 합니다. 그러면 저절로 사람들이 따르게 돼요.

그런 바탕이 갖추어지면, 그 다음으로는 구체적 상황에 따라 잘 대응할 수 있어야 합니다. 전시라면 전략과 전술을 잘 세운다든지, 다 같이 어떤 행사를 치를 때는 거기에 따른 준비나 기획을 잘 한다든지, 난관에 부딪쳤을 때는 치고 나가는 용기를 낸다든지, 평화로운 시기에는 뒤에서 후원해준다든지 등을 예로 들 수 있습니다. 질문자가 친구에게 답했던 '상대방이 일을 잘 하게끔 편안하게 해주는 것'은 평화로운 시기에 필요한 리더십이라고 볼 수 있겠죠."

자존감이 낮아요

"자존감이 낮아서 그런지 타인의 시선에 민감하고, 저보다 나은 이들과 끊임없이 비교하면서 상처도 많이 받습니다. 특히 저도 모르게 상대에게 맞추려다 보니 연애 같은 인간관계에서 오는 피로감이 높습니다. 어떡하면 좋을까요?"

"욕심이 많아서 그래요. 자존감이 낮다는 건 질문자가 자신을 너무 높이 평가하고 있다는 뜻이에요."

"제가요?"

"여기에 병뚜껑, 컵, 텀블러가 있는데, 이 컵은 텀블러보다 작지만 병뚜껑보다는 큽니다. 그러나 비교 없이 이 컵 자체로만 보면 크지도 작지도 않아요. 텀블러와 컵을 비교한다면 '이 컵은 작다'라고 할 수 있겠죠. 그런데 '작다'는 건 눈으로 보고 인식할 때 생긴 걸까요, 존재 자체가 작다는 뜻일까요?"

"작다고 인식하는 것입니다."

"그래요. 존재 자체는 작고 크고가 없이 다만 그것일 뿐이에요. 그러나 우리는 존재를 인식할 때 서로 비교해서 상대적으로 인식하고, 그것을 그대로 객관화시키면서 온갖 오류를 만들어냅니다.

햇빛이 프리즘을 통과하면 '빨주노초파남보'라는 일곱 가지의 스펙트럼이 펼쳐집니다. 우리의 업식도 이 프리즘과 같습니다. 그래서 어떤 사물이 업식을 통과하면, 개개인의 특성에 따라 다양한 색으로 인식되는 거예요. 그런데 우리는 '내 눈에 빨갛게 보였구나'라고 아는 게 아니라 '저 벽은 빨간색이야!'라고 생각합니다. 그리고 '내가 작다고 인식했구나'라고 하지 않고 '컵이 작은 거야!'라고 생각합니다. 이처럼 주관을 객관화시키는 것을 불교용어로 '상相을 지었다'라고 합니다.

이 상은 실상이 아닌 허상이고, 주관을 객관화했기에 '내가 옳다'며 시비 분별이 일어납니다. 하지만 이것이 인식상의 오류임을 알기에, 상대가 아무리 빨갛다고 해도 잘못 봤다며 시비하지 않습니다. 다만 '내 눈엔 노랗게 보이는데 상대 눈엔 빨갛게 보이는구나' 하고 받아들이게 됩니다. 신에 대해 있느니 없느니 서로 주장할 때도, '저 사람은 신이 있다고 믿고 이 사람은 신이 없다고 믿는구나' 하면 돼요. '누구 말이 맞느냐'가 아니라 '믿음이 서로 다르구나' 하고 보면 아무런 갈등이 안 생깁니다.

질문자가 자존감이 낮은 것도 마찬가지예요. 키를 예로 들자면 늘 자기보다 키 큰 사람하고 비교해서 스스로를 작은 사람으로 만든 거예요. 날씬한 사람과 비교하면 뚱뚱한 사람이 되고, 재능이 뛰어난 사람과 비교하면 스스로를 재능 없는 사람이 되어 열등하다고 생각합니다. 이건 존재의 문제가 아니라 잘못된 인식, 즉 욕심 때문입니다.

이 세상의 모든 존재는 귀한 것도 없고 천한 것도 없어요. 큰 것도 작은 것도 없고, 깨끗한 것도 더러운 것도 없고, 신성한 것도 부정한 것도 없어요. 다만 그것일 뿐입니다. 이를 철학적으로 표현하면 '공空'이라고 해요. 아무것도 없다는 뜻이 아니라, 큰 것도 아니고 작은 것도 아니라는 뜻이에요. 선禪의 언어를 빌려서 표현하면 '다만 그것이다'라고 해요. 그러니까 질문자는 괜찮은 사람이에요. 오늘부터 이렇게 기도해 보세요.

'나는 괜찮은 사람이야. 이만하면 됐어.'

이렇게 기도해도 자존감 문제가 극복이 안 되면, 내일부터 지체장애인 보호시설 같은 곳에 가서 봉사를 해보세요. 봉사를 하다보면 보고 말하고 걷는 것만 해도 큰 축복이라는 생각이 들면서 금방 치유가 됩니다.

그런데 질문자는 다른 사람의 뭐가 부러운 거예요?"

"저도 날씬해지고 싶어요."

"그건 조금 적게 먹고 꾸준히 운동을 하면 돼요. 그리고 '날씬해야 한다'는 생각을 버리세요. 미의 기준은 원래 없으니까 그런 것에 세뇌되지도 말고요. 자존감이란 '나는 자존감이 있다!' 이렇게 외친다고 생기지 않아요. 스스로를 너무 높이 평가하고픈 욕심이 자존감을 떨어뜨린 원인이에요.

옛날에는 무덤 근처에 뒹굴던 낡은 그릇 몇 개를 가져가면 새 그릇 하나로 바꾸어 줬습니다. '새 거냐, 헌 거냐'를 따진 거죠. 그런데 관점을 '희소성과 소장가치가 있느냐'로 바꾸면, 그 낡은 그릇 한 개가 요즘 만든 그릇 수십 개보다 귀해져요. 마찬가지로 얼굴은 검을수록 좋고, 머리는 휠수록 좋고, 주름은 많을수록 좋다고 생각해보세요. 이처럼 어떻게 바라보느냐에 따라 달라지는 것을 관점의 전환, 즉 관점 바꾸기라고 해요.

연애할 때도 마찬가지에요. 배우자가 될 사람을 200점으로 기대했는데, 막상 결혼하고 보니까 100점밖에 안 되면 실망하겠죠. 그런데 처음에 50점으로생각했다면, 결혼하고 나서 100점이나 된다며 기뻐할 거예요. 상대에게 문제가 있어서라기보다는 내 기대에 따라 달리 보이는 거예요.

환상에만 나를 맡기면 파도에 떠밀려 다니는 나룻배처럼 살게 됩니다. 상대를 바꾸려 들지도 말고, 억지로 상대에게 맞추려 들지도 마세요. 관점을 바꾸고 나와 남에 대한 기대를 모두 내려놓는 순간 자존감이 높아지고 삶이 행복해집니다."

헤어진 남자 친구의 폭언이 자꾸 떠올라요

"지난주에 남자 친구와 헤어졌습니다. 그런데 헤어진 남자 친구한테 싸울 때마다 심한 폭언을 들었는데, 그게 지금도 자꾸 생각이 납니다. 그래서 감정을 주체하기 힘들고 계속 눈물이 나요. 그리고 자존감이 상실되어서인지 마음이 한없이 우울해집니다. 제 마음을 치유하고 싶은데 어떻게 해야 할까요?"

"지금 그렇게 욕을 한다는 거예요? 아니면 옛날에 욕 얻어먹은 게 자꾸 생각난다는 거예요?"

"예전에 욕먹은 게 계속 생각나요. 저희가 처음에 만날 때는 서로 다른 점은 맞춰가면 된다고 생각했어요. 그런데 어느 순간부터는 남자 친구가 '나는 평소에 늘 참았다. 그런데 네 모든 행동이 나로 하여금 너를 인간 취급하지 못하게 만든다. 이 모든 건 네 잘못이다' 이렇게 말하면서 심하게 욕을 했어요. 분노가 폭발하면 본인도 주체를 못 하더라고요."

"그런데 그런 친구가 뭐가 그립다고 울어요? 헤어졌으면 속이 시원해야죠."

"시원해야 정상인데, 시간이 지나니까 '내가 저렇게 만들었나?'라는 생각이 들어요."

"그렇게 만들긴요. 그 친구 부모가 그렇게 만들었다면 이해가 되지만, 질문자가 그 친구 부모도 아닌데 어떻게 그렇게 만들어요. 그건 질문자와 아무런 관계가 없어요. 그 사람은 원래 성질이 그럴 뿐이에요. 다만 그 성질이 질문자를 만나서 드러났던 거예요. 없었던 성질이 새로 생겨난 게 아니에요. 그 성질은 원래 그 사람에게 있었지만 그동안 드러나지 않다가, 질문자를 만나서 바깥으로 터져 나왔다고 말할 수는 있겠죠. 그런데 요즘 같은 세상에 욕하고 불같이 화를 내는 사람하고 굳이 사귈 필요가 있어요? 연애할 때도 그러는데 결혼하면 어떨까요?"

"더하겠죠."

"여기 사람들한테 물어봐요. 연애할 때 멀쩡한 사람도 결혼하면 이상해져요. 연애할 때 전혀 그런 걸 못 봤는데도 막상 결혼해서 살아보면, '와, 내가 3, 4년간 연애하면서 이 사람을 제대로 알고 있었나?' 싶을 정도로 정말 낯선 사람처럼 느껴지는 경우가 대부분이에요. 그런데 연애할 때부터 그렇게 드러나면 그건 안 사귀는 게 낫죠. 그런 사람이 뭐가 좋다고 그렇게 눈물까지 흘려요? 헤어진 뒤에 혼자 화장실에 가서 빙긋이 웃어야죠."

"네. 저도 그렇게 생각하는데, 자꾸 자책하는 마음이 들고 계속 눈물이 나요. 얼마 전부터 우울한 마음이 계속 드는데, 어떻게 해야 할지 모르겠어요."

"계속 우울감이 지속되면 우선 병원에 가서 진료를 받고, 병원에서 치료가 필요하다고 하면 치료 받으면 됩니다. 사랑하는 사람하고 사귀다가 헤어졌거나, 사랑하는 사람이 죽었다면 굉장히 힘듭니다. 그것도 다 마음의 병입니다. '세월이 약'이라고 하죠. 우리에게는 '망각'이라는 게 있기 때문에 시간이 지나면 자연 치유가 됩니다. 그런데 그 가운데 어떤 것은 트라우마, 마음의 상처가 돼서 병이 됩니다. 요즘은 그

것만 전문으로 연구하는 의사들이 많기 때문에, 너무 가슴이 아프거나 우울하면 병원에 가서 진료를 받는 게 낫습니다. 며칠 분량의 약만 먹으면 한결 나아요. 감기 들었을 때 병원에 가서 주사 한 대 맞고 약 먹으면 고생을 덜하듯이, 병원에 가서 진료받는 게 좋아요.

그리고 그 친구와 헤어진 건 잘된 일이라고 생각하세요. 일반적으로 우울감이 있으면 별것 아닌 것도 자꾸 문제를 곱씹는 경향이 있는데, 그러면 상대편은 속이 답답해지죠. 그 사람의 본래 성질은 상대가 가만히 있으면 표출이 안 될 텐데, 상대가 문제 제기를 하고 자꾸 말대꾸를 하면 터져 나오게 됩니다.

질문자의 이야기를 들어보니, 상대가 욱하고 화내는 성질이 있는 사람이니까 그 사람 입장에서는 '네가 자꾸 내 화를 돋운다. 너만 보면 내가 미치겠다' 이렇게 얘기할 수 있습니다. 질문자가 그 사람을 만나면 의지가 된다는 장점이 있겠지만, 한편으로는 둘이 자꾸 싸우게 되니까 좋은 관계는 아니에요. 그 사람하고 계속 만나는 것은 갈등이 지속될 위험이 높습니다. 그 사람이 나빠서도 아니고 내 잘못이라고 할 수도 없어요. 다만 나와 그 사람의 성향이 서로 안 맞을 뿐이에요. 그러니까 그 미련은 끊는 게 좋겠어요. 이제 헤어졌으니까 더이상 생각하지 말고 미련을 딱 버리세요.

그리고 기도를 한다면 이렇게 하세요. '당신을 만나서 행복했습니다. 감사합니다. 저는 편안합니다. 저는 지금 잘 살고 있습니다.' 이렇게 기도하면서 자기에게 긍정적인 생각을 하면 도움이 됩니다."

취준생, 사람을 만나는 게 두려워요

"저는 20대 후반 취업 준비생입니다. 일을 하다가 그만둔 뒤에 재취업을 준비하다 보니, 자존감이 많이 떨어져서 사람들 만나는 게 두렵습니다. 그래서 친구, 동생이나 형들, 친척들까지도 거의 연락을 안 하고 있어요. 이렇게 계속 있을 순 없을 것 같은데, 어떻게 하면 자존감을 높이고 사람들을 당당하게 만날 수 있을지 궁금합니다."

"저는 지금 예순다섯 살인데, 만약 제가 100미터를 뛴다면 죽을 힘을 다해서 뛰어도 25초에 주파하기가 어렵습니다. 현재 제 건강상태로 봤을 때 그렇다는 거예요. 그런데 제가 지금부터 100일 동안 매일 연습을 하면 조금이라도 기록을 당길 수 있겠지요. 그런데 제가 텔레비전에서 어떤 선수가 100미터를 9.9초에 주파하는 걸 보고, '나도 한번 해 봐야지' 해서 10초대에 주파하기 위해 100일 동안 연습을 한다면, 저도 100미터를 10초대에 주파할 수 있을까요?"

"어려울 것 같아요."

"그럼 제가 3년, 즉 1000일을 연습하면 될까요?"

"그래도 안 됩니다."

"그럼 결국 저에게 자존감이 생길까요, 열등의식이 생길까요?"

"열등의식이 생깁니다."

"만약에 제가 '100미터를 10초대에 주파한 사람도 있네? 내가 아무리 나이가 많고 재능이 없다고 하더라도 10초는 몰라도 25초에는 주파할 수 있지 않을까?' 해서 100일 동안 연습을 한다면 25초에 주파할 수 있을까요?"

"가능합니다."

"25초에 주파한 뒤에 제가 다시 100일 계획을 세워서 '24

초에 한 번 주파해 보자' 하고 연습을 하면, 24초에 주파할 수 있을까요?"

"됩니다."

"제가 24초에 주파를 한 뒤에 또 100일 계획을 세워서 23초에 주파하는 연습을 한다면 가능할까요?"

"가능합니다."

"그럼 결국 나에게 열등의식이 생길까요, 자존감이 생길까요?"

"자존감이 생길 것 같습니다."

"그럼 어떤 때에는 열등의식이 생기고, 어떤 때에는 자존감이 생길까요?"

"불가능한 것을 목표로 했을 때에는 열등의식이 생기고, 자기 능력 안에서 가능한 것을 목표로 했을 때에는 자존감이 생긴다고 생각합니다."

"그럼 자존감이 생기고, 안 생기는 원인은 어디에 있을까요? 100미터를 10초에 달리는 사람은 자존감이 생기고, 23초에 달리는 사람은 자존감이 없을까요? 아니면 100미터를 10초, 15초, 23초에 주파를 하는 게 문제가 아니라 자기가 성공 사례를 만드는 게 자존감이 생길까요?"

"성공한 사례를 만들어야 자존감이 생깁니다."

"자신이 세운 목표를 성취하면, 인간의 심리현상에 해냈다는 기쁨이 생겨요. 이런 성공 사례가 축적되면 자존감이 생기는 거예요. 그런데 목표를 너무 높이 세워서 실패를 거듭하면 자존감이 없어지고 열등의식이 자꾸 생기는 거고요. 여러분이 지금 '자존감이 없다'고 하는 건 본인이 능력이 없어서가 아니라, 자기가 실패할 수밖에 없는 목표를 세워놓고 실패를 거듭하기 때문이에요.

질문자는 '나는 이런 사람이다'라고 현실에 있는 자기보다 훨씬 높은 상상의 자기를 정해놓았어요. 그런데 정작 현실에서는 그 이상을 못 따라가게 되니까, 현실 속에 있는 자신의 모습이 초라해서 보기 싫어지는 거예요. 그게 열등의식이지요. 질문자는 '상상의 자기에 맞게 현실 속의 자기를 끌어올리기 위해서 열심히 노력해야 하는가? 아니면 상상의 자기를 버려야 하는가?' 이 중에서 질문자는 어느 쪽을 선택할 건가요?

여러분의 상상이 현실에 있는 자신을 초라하게 만들고 있습니다. 그래서 제가 보기에는 다 괜찮은 사람들인데, 정작 본인들은 열등의식을 가지고 있는 거예요. 그러니까 그 '상상의 나', 즉 가아假我를 버리세요. 그건 자기 자신이 아니고, 머릿속에 그려진 하나의 환상일 뿐이니까요. 현실의 여러분은 어느 한 사람 예외 없이 다 괜찮은 사람들이에요. 그래서 '자기를 직시直視해라. 자신을 인정해라. 자신을 있는 그대로 받아들여라'라고 하는 거예요.

'나는 지금 이대로 괜찮은 사람이다.' 이것이 사실입니다. 항상 사실에 깨어있어야 합니다."

‘너는 괜찮아’라고 위로받고 싶어요

“저는 행복하게 사는 게 꿈인데, 옆에서 계속 ‘너는 꿈도 없냐, 어떤 직장 다닐 거냐?’ 하고 압박을 넣어요. 그럴 때마다 점점 위축됩니다. 이렇게 생각해도 괜찮다는 위로의 말씀을 해주셨으면 좋겠습니다.”

“솔직히 말해서 질문자 본인이 지금 괜찮지 않은 거네요. 자기가 괜찮지 않으니까 ‘괜찮다’는 위로의 말이 필요하지, 괜찮다면 위로의 말이 뭐가 필요하겠어요? 그런데 질문자는 괜찮다는 위로의 말이 필요 없어요.”

“……”

“금 아닌 것을 ‘금 같다. 금만큼 좋아 보인다’고 하면 위로가 되고 칭찬도 되겠지만, 진짜 금한테 ‘금 아닌 것 같다’라고 하면 금이 위축될까요, 안 될까요?"

"안 돼요."

"마찬가지로 질문자도 정말 괜찮은 사람이라 아무 위로가 필요없어요. 괜찮지 않은 사람한테 '당신은 괜찮은 사람'이라 위로해주면 약간 격려는 되겠지만, 제가 봤을 때 질문자가 괜찮은 사람인데, '당신은 괜찮은 사람이에요'라고 한다면 그건 금을 보고 '금 같다'고 하는 거나 같으니까요.

"아……."

"그럼 꿈이 있는 사람이 좋을까요, 없는 게 좋을까요?"

"있는 게 좋아요."

"꿈이 있는데 이루지 못하면 괴롭잖아요."

"……."

"제가 어릴 때 운동선수나 음악가가 꿈인 친구들이 간혹 있었어요. 그때는 부모님도, 선생님도 '네가 그거 해서 밥 먹고 살겠느냐?'며 상대나 공대 같은 데를 추천하며 꿈을 버리게 했어요. 그런데 시대가 바뀐 요즘은 공대 가는 거보다 예체능 쪽이 돈도 더 벌고 유명해지잖아요. 그래서 옛날과 달리 지금은 '하고 싶은 거 하라'면서 자꾸만 '꿈을 꾸고 도전하라'고 해요.

예전과 달리 지금 어른들은 요즘 젊은이들에게 꿈을 강요해요. 꿈이 없다고 하면 문제아 취급까지 하면서요. 하지만 요즘 아이들에게 물어보면, 꿈이 있다고 답하는 아이들이 열 명 중에 두세 명쯤 됩니다.

온 세상이 꿈을 가져야 한다고 강요하다 보니, 요즘 젊은이들은 '꿈도 없고 무엇을 하고 싶은지 모르겠다'며 하소연을 합니다.

그런데 꿈은 가지고 싶다고 가져지는 게 아니고, 저절로 생기는 거예요. 살면서 이것저것 경험하다 보면, 해 보고 싶은 게 생기게 마련이에요. 안 생기면 아무거나 하면 돼요. 오히려 이렇게 꿈이 없으면 직업 선택의 폭이 넓어져서 좋아요. 과거처럼 꿈이 장애가 되던 때도 있었지만, 지금은 더이상 장애가 아닌 시대입니다. 그런데 이제는 꿈이 없는 사람을 문제아 취급해요. 사실 꿈을 갖고 안 갖고는 중요하지 않습니다. 이제는 더이상 그런 말에 신경 쓸 필요가 없어요.

이제 질문자가 한번 말해보세요. 질문자 스스로 생각할 때 질문자는 괜찮은 사람이에요, 그렇지 않은 사람이에요?"

"괜찮은 사람이에요."

"그럼 누군가가 '당신은 괜찮은 사람'이라고 말해줄 필요가 있어요?"

"아니요. 없어요."

"네. 스스로 괜찮은 사람이면 남의 칭찬에 노예로 살 필요도 없고 남들 말에 휘둘릴 필요도 없어요. 질문자는 스스로 자신감을 가지세요."

3

지금 이 순간을 산다는 것

어릴 때부터 출발선이 다른 게 안타까워요

"어떤 사람은 이미 가진 것이 많은 상태에서 인생을 출발해서 더 많은 욕구를 충족하면서 삽니다. 반면에 어떤 사람은 불공평하게도 너무나 가진 것 없이 인생을 시작해요. 이런 부분에 대해서 사회적 조절이 필요한데, 이미 어른이 되어버린 제가 할 수 있는 게 없어서 답답합니다."

"이런 상황에 직면할 때 '왜 답답할까?'에 대해서 이야기해 보겠습니다. 부잣집 아이들과 달리, 가난한 집 아이들은 기본적인 욕구도 충족하기 어렵다는 질문자의 문제의식은 저도 이해하고 공감합니다. 그런데 이런 예도 생각해 보세요. 어떤 아이는 부모가 마약을 해서 어릴 때부터 마약을 하게 되었고 어떤 아이는 부모가 마약을 하지 않아서 마약을 접하지 못했습니다. 그렇다면 이 부분도 마약을 할 기회를 평등하게 얻지 못해서 안타깝다고 할 수 있을까요?

여기에서 차이점은 돈과 마약이라는 것밖에 없어요. 왜 돈이 많으면 무조건 좋다고 생각합니까? 부잣집 아이들이 더 많은 욕망을 가지고 외국 유학까지 다녀온 게 꼭 좋다고 할 수 있을까요?"

"꼭 그렇진 않겠지만, 한편으로는 어릴 때부터 어려운 처지에 놓여 있는 모습을 보기가 힘듭니다."

"인도 아이들이 굶주리는 모습을 보기가 힘들다는 뜻이에요? 아니면 한국에서 다른 아이들이 유학을 갈 때, 경제적 이유로 유학을 못 가서 괴로워하는 아이를 보기가 힘들다는 뜻이에요? 아니면 누군가는 아이돌 가수로 유명해졌는데, 연예인 꿈을 이루지 못해서 괴로워하는 청소년을 보기가 힘들다는 뜻이에요? 구체적으로 이야기해보세요."

"기본적인 욕구는 보장되어야 하잖아요. 요즘 아이들에게 최소한의 공부를 할 기회는 보장되어야죠."

"최소한의 공부가 어디까지에요? 초등학교요, 대학이요, 유학까지요? 저는 초등학교라고 생각합니다."

"그게 최소한의 공부 기준이라면 제가 생각을 다시 해야 할 것 같습니다."

"한국만이 아니라 전 세계적으로 보면 사람에게 필요한 최소한의 공부는 문맹 퇴치입니다. 그래서 초등학교까지라고 한 거예요. 지금도 전 세계에는 초등학교도 다니지 못하는 아이들이 수천만 명에 이릅니다. '최소한의 공부'는 한국을 기준으로 하면 중학교 또는 고등학교, 그중에서도 중산층을 기준으로 하면 대학교, 더 부유한 사람들을 기준으로 하면 외국 유학 정도겠죠. 이건 어떤 기준으로 보느냐에 따라서 달라요.

이런 문제는 전 지구적 관점에서 보면 좋겠습니다. 초등학교도 다니지 못하는 아이들이 지구상에 있다면, 우리는 그 아이들을 우선 생각해야 돼요. 한국 아이들이 대학에 가지 못하는 것도 문제지만, 그보다 인도나 아프리카 아이들이 초등학교에 가지 못하는 문제를 해결하는 게 우리의 주된 관심사가 되어야 해요. 저는 우선 초등학교에 관심을 두고 있어요. 전 세계 아이들이 모두 초등학교는 갈 정도가 되면 그때는 중학교로 관심사를 옮기려고 합니다.

저는 JTS라는 구호단체를 설립해 구호활동을 하고 있습니다. 인도 JTS에서도 초등학교에 못 다니는 아이들은 어떻게든 학교를 다닐 수 있도록 도와줍니다. 그러나 중학교 진학까지 무조건 도와주지는 않아요. 형편이 되면 도와주지만 초등학교만큼 우선순위를 두지는 않습니다. 한국에서는 중학교까지가 의무교육에 속해요. 한국 사회에서 평등하게 교육받아야 하는 기준이 중학교이기에, 한국에서 누구나 중학교까지는 다니도록 돕는 것을 저도 지지합니다. 하지만 저는 현재 인도나 아프리카에서 초등학교도 다니지 못하는 아이들이 더 급하니까, 이 문제부터 해결하려고 합니다.

한국 사회에 불평등이 존재하고 그 골이 갈수록 깊어져서 큰 사회 문제가 되는 것은 사실입니다. 그러나 그 불평등을 어느 기준에서 볼 것인가도 생각해봐야 해요. 저는 불평등을 개선하기 위한 움직임은 물론 지지합니다. 하지만 전 인류적 기준에서 보면, 기본권에 해당하는 문제도 아직 해결되지 않은 경우가 많기에 그 문제에 우선순위를 두고 활동합니다. 한국 사회는 지금도 불평등하지만, 과거 정부 때보다는 나아지고 있어요. 물론 개선해야 할 점이 아직도 많습니다. 그러나 우리는 긍정적인 관점을 바탕으로 개선해나가야 합니다. 이 문제는 한국 사회 안에서도 세대에 따라 처지와 경험이 매우 다르지만, 질문자는 어른으로서 관점을 어떻게 가져야 할지 물었기 때문에 거기에 맞추어 얘기한 겁니다.

질문자는 한국 사회에서 소위 '흙수저'라고 불리는 젊은이들에게 기준을 두고 질문했는데, 제가 전 세계 사람들을 기준으로 얘기해서 좀 답답하게 느낄지 모르겠네요. 세계를 기준으로 삼아 얘기한 것은 질문자의 마음이 답답하다고 해도, 그게 답답하게 느낄 문제는 아니라는 점을 지적해주려는 것이었어요. 물론 지금 한국 사회에서 벌어지는 빈부격차는 우리가 함께 해결해나가야 할 과제입니다."

나의 정체성을 찾는데
역사가 왜 중요한가요

"개인의 정체성이 왜 중요한지 잘 모르겠습니다. 오늘날에는 민족의 구분이나 민족 문화의 개성도 희미해지고 있습니다. 그런데 왜 민족이 중요한지, 또 나의 정체성을 찾기 위해서 왜 역사가 중요한지 궁금합니다."

"정체성을 찾을 이유가 없다고 생각한다면 안 찾아도 괜찮습니다. 그러나 자기의 역사와 뿌리를 제대로 모르면 열등의식이 생기거나 자존감에 상처를 입을 수 있습니다. 이럴 때는 자존감의 회복을 위해 정체성의 확립이 필요합니다. 정체성을 확립하기 위해서는 역사 바로알기가 필요합니다.

예를 들어 미국 흑인들은 노예 해방이 이루어진 후에도 자신들의 뿌리가 노예라고 생각하고 살았기에 대부분 열등의식이 컸습니다. 그런데 자신들의 조상을 찾아가 보았더니 원래 노예가 아니라 아프리카 초원에서 자주적으로 살아가는 자유인이었어요. 백인들에게 잡혀가 강제로 노예가 되면서 노예 의식이 생겨났고, 몇 대가 지난 후에는 태어나면서부터 노예가 되었던 겁니다. 이렇게 흑인들은 자신의 역사를 알게 되면서 자유인의 후예라는 정체성과 당당함을 찾았습니다.

백인들에게는 흑백을 구분해서 검은 것을 부정하게 여기는 문화가 있어요. 흑인들은 백인이 세워놓은 그 가치관에 물들어서 오랫동안 피부색에 열등의식을 느껴왔습니다. 그러다가 '검은 것이 좋다', '검은 것이 아름답다', '자연의 햇빛에 그을려서 검어졌을 뿐이므로 그것이 열등할 아무런 이유가 없다' 이렇게 획기적으로 발상을 전환했어요. 흰 것을 닮아가려는 데서 벗어나, 검은 것 자체가 아름답다고 자각한 거예요. 이것이 바로 자기 정체성, 자기 자존감을 확보하는 길입니다.

원래 우리 민족은 동북아 대륙에서 가장 앞선 선진 문명을 이룩한 배달문명의 후예입니다. 여러 역사적 사건으로 민족의 활동무대가 작아졌다고 해서 우리 민족의 정체성이 약소민족이 아닙니다. 그런데도 우리는 늘 주변 국가의 침략을 받고 사는 약소민족이었다는 열등의식을 가지고 있습니다.

우리의 역사를 바로 알게 되면 지금도 얼마든지 분단을 극복하고 통일로 나아갈 수 있고, 노력한다면 얼마든지 세계 문명을 선도하는 나라를 만들 수 있습니다. 그렇게 열등의식을 떨쳐냈을 때 자신감이 생기고 이웃 나라들과 좋은 이웃으로서 어깨를 나란히 할 수 있습니다. 그래야 일본과 중국에 대해 피해의식을 갖고 위축되거나, 아니면 쓸데없는 자만으로 우월하다는 생각에서 벗어날 수 있습니다. 또한 우리가 작은 나라니까 큰 나라 눈치나 보는 사대주의적인 생각도 극복할 수 있습니다.

현실적인 한 예를 들어보면, 우리는 미국에 열등의식을 갖고 있습니다. 그러다보니 미국에 종속되는 친미나, 미국을 반대하는 반미를 하게 됩니다. 우리가 자주성을 갖게 되면 친미, 반미를 떠나 종속적 한미동맹이 아니라 자주적 한미동맹을 맺게 됩니다. 자주적 한미동맹의 관점에서 요즘 문제가 되고 있는 주한미군 주둔 문제도 미군이 나가겠다고 하면 '그동안 많이 도와주어 고마웠다. 앞으로 우리 문제는 우리가 책임질 테니 위기 시에만 서로 돕기로 하자' 이러면 됩니다. 또 한반도에 계속 주둔하겠다고 하면 '너희가 필요하다면 얼마든지 있어도 좋다' 이렇게 은혜를 베푸는 이야기를 할 수 있습니다. 주한미군 주둔비에 대해 우리가 부담을 많이 하네 마네 이야기할 필요가 없어요.

서로 협력하되 불합리한 것은 시정하고, 자주성을 해치는 것에는 굴복하지 않는다는 원칙이 있어야 해요. 그러자면 역사적으로 자기 존재의 뿌리를 알아야 합니다.

내가 원래 노예가 아니라 왕족이었다는 사실을 알게 되면 노예 가운데에서 출세하는 것은 아무런 의미가 없어져요. 새로운 왕국을 만들거나, 아니면 주인 밑에서 이뤄놓은 것을 모두 버리고 탈출하다 죽더라도 자유인이 되고자 하겠죠. 불교적으로 말하면 내가 중생인 줄 알았는데 사실은 부처인 줄 깨달은 겁니다. 부처의 성품을 회복하려다가 죽더라도, 그건 수행자로서 죽은 것이기에 후회가 없습니다. 이런 것이 우리 삶의 정체성, 자주성이라고 말할 수 있습니다.

자존감은 인생에서 매우 중요해요. 자존감이 있는 사람은 가난해도 비굴하지 않고 당당하고, 돈과 권력이 있어도 오만하지 않고 겸손합니다. 자신이 가장 위대한 존재니까 허세를 부릴 필요가 없죠. 하지만 자존감이 없는 사람은 돈, 권력, 명예로 자기를 삼습니다. 그렇기 때문에 그런 것을 가지면 목에 힘을 주고, 그걸 자기보다 많이 가진 사람 앞에서는 비굴해집니다.

지금 우리는 서양 사람들 앞에서는 비굴하고, 동남아 사람들 앞에서는 목에 힘을 줍니다. 자기 정체성과 민족적 자존감이 없기 때문이에요. 자존감이 있으면 약소국에는 보살피는 마음을 내고 강대국 앞에서는 당당합니다. 역사의식을 갖는다는 것은 단순히 역사적 사실을 많이 아는 게 아니라 우리의 역사관을 바로잡는 것입니다.

배타적 민족주의는 전 세계가 협력하는 오늘날의 추세에 맞지 않습니다. 하지만 우리의 상처받은 민족적 자존감을 회복하는 것은 꼭 필요해요. 다만, 그렇다고 민족적 우월의식을 갖는 것은 바람직하지 않습니다. 이런 관점을 가지면 좋겠습니다."

모르면 물어서 알면 되고

틀리면 고치면 되고

잘못했으면 뉘우치면 됩니다.

이렇게 살면

겁날 것이 없어요.

이것이 내가 내 인생의 주인으로

사는 방법입니다.

세상에서 가장 소중한 존재가 나임을 깨닫는 순간

나는 희망입니다.

성급한 연애,
욕망을 어떻게 해야 하나요

"연애에 관심이 많은 스물일곱 살 청년입니다. 스님께서는 이성을 알아갈 때, 상대를 처음부터 어떻게 해보겠다는 생각을 가지지 말고, 결론을 빨리 내려는 욕심을 버리라고 하셨습니다. 저는 매력적인 이성을 만나면 상대방과의 관계를 빨리 진행하고 싶은 마음에 이성적인 판단이 흐려지곤 합니다. 이러한 욕망을 제어할 방법을 알고 싶습니다."

"성격을 고치기는 매우 어렵습니다. 질문자는 아직 젊으니, 성격을 고치기보다 쥐약을 먹더라도 열렬한 연애를 몇 번 더 경험해보는 게 오히려 나을 수도 있어요. 쥐약을 먹고 죽을 고생을 하듯이 급한 성격 때문에 여러 번 실패를 하면 그때 정신을 차려서 상대와의 관계를 천천히 길게 쌓아가도 되지 않을까요?

내 마음에 딱 든 사람과 열렬히 연애해보는 것도 한번 해볼 만한 일이에요. 젊을 때 그런 불같은 사랑을 한번 해보고 나면 나중에 미련이 없어집니다. 지금은 불같은 사랑을 해도 특별히 손해날 게 없잖아요. 그러니 성질대로, 감정대로 해도 괜찮아요. 그러다가 쥐약도 한번 먹어보고, 토해보기도 하고, 병원에 실려가 보기도 해야 스님이 말하는 '쥐약'이 뭔지 절절히 느끼게 될 거예요. 50~60대는 쥐약을 먹고 데굴데굴 구르고 병원까지 다녀온 경험이 있어서 스님이 하는 이야기에 대한 신뢰가 굉장히 높습니다. 그러나 20~30대는 아직 안 겪어봤기에 스님이 쥐약이라고 말해도 진짜로 그런지 의심이 들게 마련이에요.

다만 연애를 하더라도, 아기가 생기면 단순한 남녀 문제가 아니라 한 생명을 책임지는 문제로 바뀝니다. 그래서 문제의 차원이 완전히 달라집니다. 연애 자체는 자유롭게 해도 되지만, 아기가 생기면 여성과 남성의 권리보다 부모로서의 책임이 더 중요해져요. 부모로서 아기를 보호해야 하는 책임이 생기니까 이 부분은 유의해야 해요. 남녀는 평등하지만 아이와 어른 사이는 평등한 게 아니에요. 어른은 어린 아이를 보호할 무한한 책임을 질 의무가 있습니다. 그러니 아기가 생긴다면 부모의 책임을 회피해서는 안 됩니다.

이런 경우가 아니면 부부간이든 남녀 간이든 상대가 떠나도 울면서 매달릴 필요가 없어요. '그동안 덕분에 즐거웠습니다. 감사합니다' 이렇게 딱 마음을 내고, 다시 마음에 드는 이성을 찾으면 돼요. 이렇게 세 번쯤 해보면 '아, 보기 좋다고 모두 좋은 건 아니구나'를 알게 돼서 자연히 생각도 바뀝니다."

"사실 쥐약을 먹고 데굴데굴 굴러본 경험이 세 번은 넘습니다."

"좀 더 해봐도 괜찮아요. 다만, 결혼과 연애는 달라요. 결혼과 연애를 혼동하면 안 돼요. 둘은 비슷한 것 같지만 전혀 다른 문제입니다.

연애는 좋아하는 감정이 기본이에요. 나이가 스무 살 넘게 차이가 나도 되고, 인종이 달라도 됩니다. 사랑하는 감정은 이 모든 것을 넘어서거든요. 그런데 결혼은 연애와는 차원이 전혀 다른 생활 문제예요. 나이 차이가 너무 나도 생활 문제가 생기고, 외국인과 살아도 생활 문제가 생깁니다. 또 10년 동안 연애를 해서 서로를 다 아는 것 같아도 막상 결혼해보면 생활 문제가 생겨요. 같이 사는 생활 문제로 차원이 바뀌기 때문에 습관과 생활 태도가 굉장히 중요해요. 혼자 살 때는 몇 시에 일어나든 옷을 벗어서 어디에 두든 상관이 없지만, 함께 살면 이런 부분 하나하나가 시빗거리가 되거든요. 반면, 연애할 때는 이런 부분들이 큰 문제가 되지 않아요. 그러니 연애와 결혼을 혼동하지 말고, 관점을 이렇게 가져야 합니다.

'연애는 좋아하는 감정을 중요시하고, 결혼은 같이 살 룸메이트를 찾는 것이다.'

대부분의 사람들은 결혼할 때 습관이나 생활 태도를 중요하게 여기지 않아요. 외모를 먼저 보고, 그 다음으로 학벌이나 직업이나 연봉 같은 능력을 봅니다. 성격이나 습관, 생활 태도 같은 것은 잘 안 봐요. 또 연애할 때는 이상한 성격이 있더라도 잠시 억제해서 상대를 속일 수가 있잖아요. 그런데 결혼해서 같이 살면 성격과 생활 태도가 여실히 드러나기 때문에 문제가 됩니다. 그래서 결혼 전에 꿈꿨던 생활과 결혼 후 현실 사이에 괴리가 생기는 거예요.

행복한 결혼 생활을 하려면 상대방의 성격과 생활 습관을 중요시해야 해요. 연애 감정만 갖고 결혼해서는 안 됩니다. 서로 좋은 감정을 갖고 연애를 했더라도 결혼할 때는 기준을 바꿔서 상대방의 성격이나 생활 습관 같은 부분을 자세히 점검해야 돼요. 결혼은 공동체 생활이라고 생각하면 돼요. 기분 좋고 들뜨는 건 한순간일 뿐이고 한 집에서 함께 사는 거예요. 이런 점을 유의하면서 연애와 결혼을 해보세요."

일상적인 대화를 편안히 하고 싶어요

"일상적인 대화를 나누기가 부담스러워요. 말수가 적고, 개인적으로 관심 있는 몇 가지 주제 외에는 상식도 부족한 편입니다. 여럿이 나누는 대화의 내용을 잘 몰라서 주로 이야기를 듣기만 하다보니 들러리 같은 느낌이 듭니다. 둘이 있을 때도 제가 너무 말이 없어 상대가 불편할 것 같아 그 자리를 피하고 싶을 때가 많습니다. 대화를 나눌 때 저도 편안하고 상대에게도 편안함을 주고 싶어요."

"그건 욕심입니다. 어미 소와 송아지, 수소와 암소, 암탉과 수탉을 한 번 보세요. 싸우지도 않지만 다정하게 얘기하지도 않습니다. 질문자가 다른 사람과 알콩달콩 정답게 얘기를 나누고 싶다면 그렇게 하면 되고, 안 하고 싶으면 안 하면 됩니다. 어느 쪽을 선택하든 아무런 문제가 없어요. 지금 세상은 들어주는 사람이 부족하지, 말하는 사람이 부족한 경우는 없습니다. 모두 자기 얘기만 하려고 하는데, 질문자는 다소곳이 들어주니까 오히려 장점이 있는 거예요.

그런데 질문자는 지금 남이 알콩달콩 얘기하는 걸 부러워하고 있어요. 본인도 말하고 싶으면 하면 되는데, 하지 않으면서 바라기만 하는 게 문제라면 문제입니다. 나의 선택 자체는 아무 장애도 없어요. 그냥 남하고 얘기하고 싶으면 하면 되고, 하기 싫으면 안 하면 됩니다.

인생은 자기 좋을 대로 살면 됩니다. 다만 우리가 살아가는 환경적인 조건에서 다섯 가지는 유의해야 합니다.

첫째, 남을 죽이거나 때려서는 안 됩니다. 자기 마음껏 살 권리는 있지만 남을 해칠 권리는 없습니다. 둘째, 남의 물건을 훔치거나 빼앗으면 안 됩니다. 자기 이익을 추구할 권리가 있지만, 남에게 손해 끼칠 권리는 없습니다. 셋째, 성추행이나 성폭행은 안 됩니다. 즐거움을 추구할 권리는 있지만, 남을 괴롭힐 권리는 없습니다. 넷째, 욕설이나 거짓말을 해서는 안 됩니다. 말할 권리는 있지만 상대에게 말로 괴롭힐 권리는 없습니다. 다섯째, 술을 먹고 취해서 행패를 피워서는 안 됩니다. 무엇이든 먹을 권리는 있지만 술 마시고 취해서 남을 괴롭힐 권리는 없습니다.

이 다섯 가지 외에는 그 어떤 행동을 해도 남의 눈치 볼 것 없고, 또 남이 어떤 행동을 하건 간섭할 필요가 없습니다. 여러분은 다른 사람의 눈치를 너무 보고 사니까 불편하고, 한편으로는 상대에게 너무 많은 간섭을 하니까 피곤한 거예요. 자유롭게 선택하고 내 인생의 주인이 되어 사세요."

입대하기가
두렵습니다

"두 달 후면 입대하는데 자꾸 겁이 납니다. 안 갈 수 없으니 다 내려놓고 가야지 해도 두렵기만 합니다."

"가보지 않은 곳에 처음 가면 어떻습니까? 간 적이 있는 산은 괜찮지만 한 번도 안 가본 산이라면 조금 긴장이 되겠죠. 사람도 처음 만나려면 살짝 긴장되잖아요. 군대도 마찬가지예요. 그동안 경험하지 않았기에 지레 겁이 나는 거예요. 근데 막상 가면 아무 문제 없어요.

군대 가는 날 아침까지 일을 하거나 공부하다가 출근하듯이 가면 됩니다. 삶의 모든 순간을 일상으로 받아들여 보세요. 제가 115일 동안 세계 42개국 115개 도시를 돌아다니며 강의할 때, 무조건 하루에 한 강의를 계획했습니다. 비행기를 7시간씩 타더라도, 목표는 매일 한 번씩 강의하는 거였어요. 이동 시간이나 시차 때문에 강의하기 어려우면 그 다음 날 두 번 하는 식으로 강의를 일상화했습니다.

군대도 일상생활 하듯이, 밥 먹고 체력 단련하는 곳이라고 생각하세요. 군대까지 가서 굳이 책 읽고 공부할 필요 없어요. 100미터 달리기를 하라고 하면 체력 단련하는 마음으로 300미터 달리고, 10킬로미터 행군하라고 하면 15킬로미터까지 가보자는 긍정적인 마음을 내보세요. 5리를 가자고 하면 10리를 가주라던가, 겉옷을 달라면 속옷까지 벗어주라는 성경 말씀도 있잖아요. 5리를 가자고 할 때 억지로 가면 끌려가는 사람이 됩니다. 하지만 마음을 내서 10리를 가고자 하면 그 상황의 주인은 내가 됩니다.

지금 여러분들의 환경과 조건은 부모님 세대보다 훨씬 좋은데, 미래에 대한 희망은 오히려 부모님 세대보다 낮습니다. 이는 여러분의 기대 수준이 높아서 현실에 만족을 못하기 때문입니다. 앞으로 노력해도 지금보다 더 좋은 환경과 조건을 갖추기가 어렵습니다. 그래서 지금의 좋은 환경과 조건이 오히려 미래에 불리하게 작용하는 거예요.

반대로 여러분 부모님 세대는 현실의 조건이 나빴기 때문에 조금만 노력해도 생활수준이 눈에 띄게 나아졌어요. 예를 들어 5만 원 받고 살다가 조금만 노력하면 10만 원을 벌 수 있었습니다. 그런데 여러분 세대는 현재 100만 원 받는 수준이라 아무리 노력해도 200만 원 받기는 불가능한 시대에 살고 있죠. 오히려 50만 원으로 떨어질 가능성도 있습니다. 사실은 50만 원 받는 현재 상황이 부모님 세대가 겪었던 10만 원 받을 때보다는 훨씬 더 나아졌다고 긍정적으로 생각하면 괜찮습니다. 그렇게 되면 삶이 훨씬 편해집니다.

여러분의 재능이 부족한 것도 아니고, 지금 세대가 불행한 것도 아니에요. 다만 여러분 세대가 가진 조건이 예전보다 좋다 보니, '더 좋은 조건'을 기대하기가 굉장히 어려운 상황일 뿐입니다. 군대에서도 마찬가지입니다. 사회 생활보다는 어렵지만, 옛날 군대에 비하면 군대라고 할 수 없을 정도로 시설이며 환경이 많이 개선되었기에 생활하는데 큰 어려움이 없습니다. 그런 긍정적인 자세로 생활해보세요."

우리 인생은 방황의 연속입니다.
혼자 있으면 외롭고, 둘이 있으면 귀찮고
이래도 문제, 저래도 문제에요.

나 스스로 온전한 사람이 되어야 합니다.
그러면 혼자 있어도 외롭지 않고
둘이 있어도 귀찮지 않습니다.

내가 온전하면
누구한테도 바라는 것이 없기 때문입니다.

작심삼일에서 벗어나는 방법

"아침 5시에 일어나 기상 인증을 하는 온라인 모임에 참여하고 있는데, 매주 월화수까지만 하고 작심삼일에 그쳐버립니다. 어떻게 하면 꾸준히 해서 습관을 변화시킬 수 있을까요?"

"작심삼일作心三日이라는 말은 어떤 일을 결심하고 시작해도 3일 만에 그만두게 된다는 말이에요. 이건 물리학으로 말하면 관성의 법칙과 같습니다. 관성의 법칙은 움직이려는 물체는 계속 움직이려 하고, 멈추어 있는 물체는 계속 멈추어 있으려는 성질을 말합니다. 움직이는 물체를 멈추게 하려면 반드시 힘을 가해야 하고, 멈추어져 있는 물체를 움직이게 하려고 해도 반드시 힘을 가해야 해요. 멈춘 물체가 움직이든, 움직이는 물체가 멈추든, 거기에는 속도의 변화가 일어나요. 이 속도의 변화를 가속도라고 합니다. 이 가속도(a)는 물체(m)에 가한 힘(F)에 비례합니다. 이를 'F=ma'라는

12
11
1

공식으로 나타내지요.

우리의 습관도 마찬가지입니다. 매일 6시에 일어나다가 5시에 일어나려면 평소처럼 6시에 일어나려는 성질이 작동해요. 그래서 5시에 일어나려면 힘이 가해져야 해요. 그만큼 이전 습관의 저항을 받게 마련이니까요. 이때 대부분 사람들은 이 저항을 각오와 결심으로 이겨내려고 합니다. 하지만 우리의 결심은 그리 오래 가지 못해서 주로 3일을 못 넘기고 원래대로 돌아가기 쉬워요. 이걸 '작심삼일'이라고 표현합니다.

물통에 담긴 물을 호스를 연결해서 지대가 낮은 쪽으로 보내려고 할 때, 호스의 끝이 물통 수위보다 낮게 연결되면 물이 자동으로 흘러내려갑니다. 그러나 호스가 물통 위로 넘어가게 하려면, 처음에 호스를 입에 물고 물을 빨아들여서 물이 통을 넘을 수 있도록 해줘야 해요. 한 번만 그렇게 넘겨주고 나면 그 뒤로는 자동으로 물이 계속 넘어갑니다. 그런데 그 고비를 넘기지 못하고 조금 빨아들이다가 놓아버리면, 빨아들였던 물은 원래 자리로 돌아가요. 이처럼 호스로 물을 옮기는 것도 물통이라는 고비를 넘겨야 해요.

여러분도 매일 6시에 일어나다가 갑자기 5시에 일어나려고 하면, 몸과 마음에서 저항이 일어납니다. 우선 몸에서 저항이 일어나고 마음이 거기에 반응해요. '잠을 적게 잤다', '너무 일찍 일어난다' 이렇게 마음이 변명거리를 만들면, 몸은 더 무거워져요. 그래서 몸이 저항할 때 마음에서 그걸 용납하지 않아야 합니다. 수면 양이 몸에 영향을 미치긴 하지만, 더 중요한 건 마음의 작용이에요. 생각은 의식이고 마음은 무의식입니다. 무의식에서 어떤 작용이 일어나면 몸이 영향을 받습니다. 기분이 나쁘면 소화가 안 되는 것도 몸이 마음의 영향을 받기 때문이에요.

결심은 의식입니다. 의식에서 아무리 결심을 해도 무의식에 영향을 주기는 어렵습니다. 아무리 '내일 아침에는 일찍 일어나야지' 하고 결심을 해도, 잠이 들면 의식은 멈추어버리니까 잠을 깨우는데 별 영향을 주지 못합니다. 그래서 처음에는 다른 사람에게 깨워달라든지 알람을 맞춰놓든지 해서 도움을 받아야 해요. 막상 알람이 울려도, 의식에서는 중요하다고 생각하지만 무의식에서는 별로 중요하게 생각하지 않아요. 무의식은 지금까지 살아온 습관대로 반응하게 되어 있기 때문이에요.

그래서 알람이 울리면 그냥 싹 일어나버려야 합니다. 알람을 듣고 나서 '일어나야지, 일어나야지' 하고 자꾸 결심하면 오히려 못 일어나기 쉽습니다. '일어나야지!'라는 말은 '일어나기 싫어'라는 뜻이니까요. '일어나야지!' 하고 결심을 하는 건 '일어나기 싫어'라는 말을 반복하는 것과 같기에 오히려 결심대로 안 될 가능성이 높습니다. 그래서 결국 못 일어나고, 나중에 일어났을 때 후회가 되고 기분이 나빠지죠. 그리고 '나는 의지가 약해' 이렇게 자책합니다.

자꾸 각오하고 결심해서 무언가를 하려면 계속 힘이 듭니다. 그래서 하기로 했으면 그냥 하는 게 좋아요. 놓쳤으면 '이번에 놓쳤네, 다시 해야지' 하고 가볍게 접근해야 해요. 중간에 놓치거나 그만두었더라도 매번 다시 시작하면 어느덧 열흘이 지나고, 한 달이 지나고, 그러다 보면 물통의 물처럼 고비를 탁 넘겨버릴 수 있어요. 고비를 넘기고 나면 저항이 약해집니다. 그렇다고 저항이 전혀 없는 건 아니에요. 그러나 가장 큰 저항을 이겨버리면 나머지 저항이 남아있긴 해도 '이제는 할 만하다' 이렇게 느껴져요.

'그냥 한다' 하는 마음으로 해보세요. 알람이 울리면 싹 일어나고, 하기 싫어도 하고, 하고 싶어도 합니다. 좋고 싫고에 너무 구애받으면 안 됩니다. 좋고 싫다는 감정은 지금까지 살아온 습관 때문에 일어나는 거예요. 여러분은 그 감정을 애지중지하지만, 그건 습관에 의한 반응일 뿐입니다. 좋은 습관이면 유지하면 돼요. 그러나 그 습관이 나에게 손해가 되거나 미래의 이익에 장애가 된다면 하고 싶어도 멈추고, 반대로 이익이라면 하기 싫어도 해버리는 자세가 필요합니다."

성욕이 너무 강해서 고민입니다

"스물아홉 살인데 성적인 욕망이 너무 강해서 고민입니다. 그동안 많은 이성을 만나왔고 요즘도 외모가 뛰어난 이성을 보면 자연스럽게 눈이 돌아갑니다. 지금까지는 욕망을 표현하거나 그냥 참았지만, 이제는 욕망을 단순히 참기보다는 다스리고 싶습니다. 성적인 욕구가 올라올 때, 이를 어떻게 효율적으로 다스릴 수 있을까요?"

"얘기를 들어보니 질문자는 보통 사람보다 성적 욕망이 약간 강한 편인 것 같네요. 성적인 욕망이 일어나는 건 정상이에요. 이성에 대한 성적 욕망이 있다는 것 자체를 나쁘다거나 좋다고 말할 수는 없어요. 욕망이 일어난다는 그 자체가 현실이니까요.

사람은 자기 이익을 추구하고 즐거움을 추구할 권리가 있습니다. 그러나 상대에게 손해를 끼치거나 괴롭힐 권리는 없어요. 그래서 욕망이 일어나더라도 타인에게 해를 끼치기 전 단계에서 멈춰야 합니다. 이것이 윤리예요. 자신의 즐거움을 추구하느라 상대에게 고통을 주면, 사회 공동체 안에서는 반드시 그에 대한 처벌이 뒤따릅니다. 그래서 자신의 욕망대로 행동하면 윤리적 비난과 법적 처벌을 받게 돼요.

수행은 윤리를 훨씬 넘어서서 '잠시의 쾌락이 결국 나에게 고통을 가져온다'라고 봅니다. 고통을 받지 않으려면 욕망에서 비롯된 쾌락을 내려놓아야 한다는 것이 수행적 관점이에요. 이처럼 수행은 보복의 개념이 아니라 원인 제거의 개념이에요. 욕망 자체를 부정하고 '욕망을 갖는 건 모두 죄'라고 보는 게 종교적 관점이고, '그 욕망에 휘둘리지 말라'는 게 수행적 관점이에요."

"제가 결혼한 뒤에도 다른 이성이 저랑 놀자고 하면 어떡하죠?"

"상대가 원하지 않는데도 질문자가 상대와 관계를 맺으면 그건 범죄가 됩니다. 하지만 질문자에게 배우자가 있다는 걸 알면서도 어떤 이성이 같이 놀자고 해서 놀면, 그건 범죄가 아니고 질문자의 윤리적 선택에 속합니다. 그런데 질문자가 그 이성과 연애를 한다면 질문자는 배우자로부터 이혼을 당하는 대가를 받게 되겠지요.

그러니 둘 중 하나를 선택해야 해요. 그 이성과 하룻밤을 보내고 배우자와 이혼을 할 것인지, 그렇지 않고 오늘은 참고 오랫동안 결혼을 유지할 것인지는 질문자가 선택해야죠. '작은 즐거움이 큰 손실을 가져오는구나' 싶으면 자제를 해야 할 테고요."

"과보가 두렵긴 합니다. 그런데 정말 멋지고 섹시한 이성이 옆을 지나갈 때, 어떻게 하면 눈길을 안 줄 수 있을까요? 저는 참는 것 말고는 방법이 없는데, 수행 방법을 좀 알려주세요."

"질문자는 욕심이 너무 많아요. 기대가 너무 높으면 현실에서 오히려 실현이 잘 안 됩니다. 질문자가 부처님을 닮아가려면, 자기에게 일어나는 성적인 욕망을 알아차리고 지켜봐야 합니다. 외면하지 말고 응시하면서 성적인 욕망을 지켜보라는 거예요. 성적 욕구를 해결하려고도 하지 말고, 참지도 말고 그냥 그 욕구를 계속 지켜보세요.

그런데 그 욕망은 계속 지속되지 않아요. 굳이 그 욕망에 반응해서 해소하지 않고 그저 가만히 놔두어도 어느 정도 시간이 지나면 가라앉게 마련입니다.

담배를 피우고 싶을 때 담배를 피우면 욕망이 내려가듯이, 성적 욕망이 일어날 때 관계를 맺으면 일단 해소는 되겠지요. 그러나 시간이 지나면 또 욕망이 일어납니다. 그걸 해소하지 않고 그냥 놔두면 견디지 못할 만큼 올라가지만, 그래도 계속 내버려두면 다시 내려갑니다. 영원히 지속되는 욕망이란 없습니다.

그걸 질문자가 직접 경험해봐야 해요. 계속 지켜보는 가운데 일정한 시간이 지나게 되면 욕망이 저절로 가라앉는 경험을 질문자가 한 번, 두 번, 세 번, 이렇게 자꾸 경험해 보세요. 그 첫 번째가 어려운 거예요. 그런데 자꾸 경험하다 보면, 욕망이 계속 생겨나긴 하지만 그 욕망을 지켜보는 힘도 갈수록 커집니다.

욕망은 다 채워야만 해결되는 게 아닙니다. 채워도 다시 일어나고, 그냥 놔둬도 가라앉는 게 욕망의 속성이에요. 그러니 질문자는 제가 말씀드린 대로 알아차리기 연습을 한번 해 보세요.

욕망을 해소하는 것으로 문제를 풀면 욕망은 점점 강화됩니다. 그러니 욕망을 그냥 놔두고 가라앉게 하는 연습을 자꾸 해야 해요. 백화점에 가서 물건을 사고 싶을 때, 사고 싶은 물건을 사서 해소하는 방법도 있고, 반대로 백화점에 안 가는 방법도 있어요. 하지만 둘 다 근본적인 해결책이 아닙니다. 욕망이 가라앉게 하려면 백화점에 가서 물건들을 보면서도 안 사야 해요. 물건을 보면서도 억지로 참고 안 사면 다음에도 똑같은 욕망이 일어나겠죠. 그럴 때 그것을 가만히 지켜보세요. 계산하려고 손이 주머니로 갈 때도 계속 지켜보기만 하세요. 그 욕망이 가라앉을 때까지요. 이것이 수행입니다.

수행은 참는 게 아니라 욕망의 원리를 알고, 이로부터 자유로워지는 것입니다. 바깥 사물이나 사람뿐만 아니라 자신의 까르마, 즉 습관 때문에 일어나는 욕망으로부터도 자유로워지는 거예요. 이렇게 자신의 욕망과 까르마로부터 해방되면 그게 바로 해탈입니다."

비정규직 문제, 어떻게 봐야 할까요

"비정규직과 정규직의 차별 문제를 해결하고자 노동조합 활동을 하다 보니, 관리자 및 직장 동료들과 불편할 때가 많습니다. 스님께서는 '모든 괴로움은 마음에서 비롯된다. 시비하거나 분별심을 내지 말라'고 말씀하셨지만, 잘못된 사회제도에서 비롯된 문제를 해결하려는 의지는 옳은 것이 아닌가요? 비정규직 노동자로서 이 문제를 어떻게 생각해야 할까요?"

"비정규직 문제를 해결해야 한다는 데는 저도 동의합니다. 그런데 '분별심을 내지 말라'는 말은 내가 이해되지 않고 받아들여지지 않는다고 해서 상대를 틀렸다고 말하지 말라는 뜻이지, 내가 이해되지 않아도 무조건 받아들이라는 이런 뜻은 아닙니다. 내가 정당하다고 생각되는 행동을 하되, 그걸 하면서 괴로워하지는 말아야 해요.

비정규직 노동자, 정규직 노동자, 노동조합에 가입하지 않은 노동자, 회사 관리자는 각자 입장에 따라 견해가 모두 달라요. 나는 옳고 다른 사람은 틀린 게 아닙니다. 이 점을 이해하면 내가 괴롭지는 않아요. 그렇다고 행동을 취하지 말라는 뜻은 아닙니다.

그런데 어떤 문제를 개선하려면 반드시 저항이 따르기 때문에 그런 저항이나 불이익도 기꺼이 감수해야 해요. 이런 일은 불이익을 당할 때는 나만 당하고, 제도가 개선되면 혜택은 모두에게 돌아가니 참여하지 않은 동료가 얄미워질 수도 있어요. 이럴 때 '손해는 내가 기꺼이 안고, 이익은 같이 나누는 게 좋다'는 관점을 가지면 동료를 미워하지 않게 됩니다.

스님도 한반도의 평화와 통일을 위해 다양한 노력을 하지만, 변화가 더디거나 없다고 괴로워하지는 않습니다. 제가 괴로워한다면 그건 남북한 지도자나 미국이나 중국의 문제가 아니라 제 문제예요. 이런 행동에는 비난이나 불이익도 따릅니다. 게시물 댓글에 욕설이 많이 달릴 수도 있고, 누군가가 언론에 나쁜 기사를 실어서 모함할 수도 있어요. 그렇다고 가만히 있을 것인가, 이런 불이익을 감수하고라도 국가와 민족을 위해 행동할 것인가는 나의 선택입니다.

비정규직과 같은 임시직은 옛날부터 있었고, 사회가 변화하면서 갈수록 그 수가 늘어날 겁니다. 임시직 자체에 문제가 있는 것이 아니라 임시직과 정규직의 임금체계가 왜곡되어 있기 때문에 문제가 됩니다.

제대로 운영을 하면 임시직이 정규직보다 일당을 많이 받아야 해요. 그래도 월급으로 따지면 임시직이 덜 받습니다. 임시직은 매일 일거리가 확보된다는 보장이 없으니까 많이 받아야하고요. 정규직은 일당이 적은 대신 안정적이고 추가 수당이나 보너스 같은 부수적 혜택이 많기 때문에 사람들이 선호하는 거예요. 이게 정상이에요. 그런데 지금의 비정규직은 일은 똑같이 하는데 임시인 데다가 복지를 비롯한 아무런 보장도 없고 월급마저 정규직 절반 수준에 불과합니다.

왜 이런 문제가 발생할까요? 회사가 돈을 많이 벌면 노동자들과 회사 사이에 갈등이 생깁니다. 노동자는 회사가 벌어들이는 이익에 비해 월급이 적다고 생각하고, 회사는 다른 회사에 비해 월급을 너무 많이 준다고 생각하는 거예요. 이렇게 평가 기준이 서로 달라서 싸우게 돼요. 반면에 적자여도 갈등이 생겨요. 회사는 적자가 나면 노동자들의 월급부터 동결시키거나 깎으려 들죠. 그런데 노동자들은 이익을 볼 시기에 쌓아둔 사내보유금은 왜 쓰지 않느냐고 항의합니다.

이렇게 회사는 이익을 보려 하고 노동자는 손해를 안 보려 하다 보니 갈등이 생기는데, 이 갈등이 심해지면 둘 다 손해를 보게 됩니다. 그래서 타협한 결과, 기존 노동자들에게는 고임금을 보장하되 새로 들어오는 노동자에게는 회사가 요구하는 저임금을 인정하는 거예요. 이런 담합을 통해 만든 게 대기업의 비정규직이에요. 비정규직에게 일은 시키되 정식으로 고용하지 않으면 기존의 노동자와 회사가 모두 자기 이익을 지킵니다. 그 손실은 고스란히 새로 들어온 비정규직 노동자한테 떨어져요. 비정규직이 회사로부터 차별받는 것은 물론 기존의 노동자로부터도 차별받는 문제가 이런 담합으로 발생하는 거예요.

이 문제를 개선하려면 회사와 기존 노동자들이 모두 조금씩 양보해줘야 하는데 그러기가 쉽지 않죠. 그래서 비정규직만 자꾸 늘어나요. 또 하청업체는 작은 회사니까 사고가 나도 책임지기가 어렵습니다. 이렇게 가난한 자는 더 가난해지고, 기득권자는 더 많은 이익을 쌓게 됩니다.

그렇다고 모든 비정규직의 정규직화만 주장하면 현실적인 문제 해결이 어려워요. 비정규직을 없애는 게 아니라 비정규직의 차별을 없애야 합니다. '동일 노동에 동일 임금'이라는 원칙을 지켜야 해요. 그리고 사회제도를 바꾸려면 그런 방향에 부합하는 정부가 들어설 수 있도록 투표에 적극 참여해야 해요.

지금처럼 잘못된 사회제도를 개선하기 위해 노력하는 건 좋지만, 이로 인해 분노하고 괴로워하면서 폭력적으로 대응하면 안 됩니다. 그건 상대에 대한 이해가 없기 때문이에요. 사람은 저마다의 처지와 경험, 기준이 다르기에 충돌하는 거예요.

또 변화를 일으키고자 행동할 때 일어나는 저항과 불이익을 감수해야 해요. 직장을 그만두거나 비난을 받게 될 수도 있겠죠. '내가 정당하니까 당연히 그렇게 돼야 한다' 이렇게만 생각하면 괴로워져요. 애써도 원하는 대로 잘 안 되니 괴롭고, 불이익을 당하면 억울하고 분하거든요.

그러니 사회 변화를 위해 노력하되 동시에 자기 마음을 잘 살펴서 늘 행복해야 합니다. 행복해야 사회운동을 꾸준히 할 수 있고, 꾸준히 해야 변화가 일어나요. 저도 질문자의 사회적 정의를 위한 노력을 지지하지만 괴롭게 살지는 마세요. 생글생글 웃으면서 사회활동을 하세요."

명상을 하면 어떠한 장애도 극복할 수 있나요

"마음 챙김과 명상에 매우 능숙해지면, 우리의 다른 행동과 환경은 더이상 문제가 되지 않나요? 명상은 그 어떠한 경우에도 감정적인 장애물도 극복할 수 있게 해 주나요?"

"명상에 숙련되면, 주위 환경에 구애받지 않는지를 묻는 것이라면 '그렇다'라고 말할 수 있습니다. 다만 질문자가 '어떠한 경우에도'라고 질문했는데, 이럴 때는 '꼭 그렇다고 말할 수 없다'라고 답변 드릴 수 있겠습니다.

예를 들어, 농사를 지어보면 병충해 때문에 어려움이 많습니다. 만약 유전자를 조작해서 병충해에 매우 강한 종자를 만들었다고 가정해 봅시다. 그 종자는 농약을 치지 않아도 병충해를 입지 않고, 거름을 주지 않아도 잘 자랄 수 있다고 해요. 그런데 이 종자를 불에 넣어도 자랄 수 있을까요?

바위에 놓아도, 허공에 매달아도, 물속에 넣어도 잘 자랄 수 있냐고 묻는다면 그건 불가능해요. 최소한 땅에는 심어야 합니다.

명상에 숙련되면 그 어떤 환경에도 구애받지 않고 자유로운 경지에 이를 수 있느냐는 질문도 마찬가지입니다. '그 사람은 불에 태워도, 칼로 베어도, 밥을 안 먹어도, 숨을 못 쉬어도 괜찮습니까?' 이렇게 극단적인 환경을 묻는 것이라면, 그것은 어렵다고 답변할 수 있어요. 일반적으로 사람이 생존할 수 있는 환경은 되어야 하겠죠. 그러나 음식이 좀 부족하거나, 누가 나를 욕하거나, 일반 사람들이 못 살겠다고 느끼는 정도에서는 여여하게 살 수 있습니다.

유전자를 조작한 종자라도 밭에 뿌려야 병충해를 이겨낼 수 있듯이, 명상을 통해 자유로워진 사람은 시험하기 위한 극단적인 상황이 아니라면 일상생활에서 괴로움 없이 살아갈 수 있어요. 의도적인 어떤 특수한 상황이 아니라, 삶에서 일어날 수 있는 일상적인 어려움에 대해서는 평정심을 유지할 수 있습니다. 설령 내가 암에 걸렸다고 하더라도 두려움이 일어나지 않을 수 있고, 죽음이 다가온다 하더라도 마음의 평정을 유지할 수 있습니다. 이런 이치를 연습하면, 여러분도 그 어떤 조건이 주어지든지 삶의 주인이 되어 자유롭고 행복하게 살아갈 수 있습니다."

'코로나19 시대'를 극복하는 지혜는

"이번 코로나19 사태가 앞으로 우리 삶을 크게 바꾸어놓을 것 같은데 전례 없는 사태여서 불안합니다. 앞으로 예상되는 변화는 무엇이며, 그 변화를 우리가 어떤 자세로 맞이하고 대응해 나가야 할까요?"

"지금의 코로나19 사태는 혼란기 혹은 과도기라고 할 수 있습니다. 사회가 변화하면서 기존 질서가 붕괴되고 있지만 아직 새로운 질서가 나오지는 않은 상태예요. 이런 혼란기에는 많은 사람들이 고통을 겪고 희생을 당하지만 한편으로는 발전도 많이 하게 됩니다.

사회 변화는 대부분 점진적으로 일어나지만, 어떤 큰 사건이 발생하면 그 변화가 폭발적으로 일어나게 됩니다. 이런 급속도의 변화를 '혁명'이라고 부릅니다. 사회는 늘 변하

고 있기에, 없던 것이 갑자기 새로 생기는 것은 아니에요. 그러나 이번 코로나19 사태와 같은 큰 충격이 일어나면, 이런 변화가 급격하게 앞당겨집니다.

앞으로 얼마나 많은 변화가 더 일어날지 아직은 정확히 알기 어렵지만 전체적으로 큰 흐름은 예상해볼 수 있습니다. 지금까지는 '글로벌화'라고 해서 특히 경제면에서 국제 분업 체계가 확대되어왔지만, 앞으로는 식량을 비롯해서 나라마다 자립구조를 가지려는 경향이 커질 겁니다. 또 지금도 바이러스를 퍼뜨렸다며 서양에서 소수자에 해당하는 중국인과 아시아계 이민자들을 차별하거나 혐오하는 일이 많이 일어났죠. 정도가 더 심해지면 역이민이 늘어날 수 있어요. 이와 함께 IT기술 개발도 빨라지고 온라인 기술 활용도 보편화될 거예요.

최근 정보화 사회로 바뀌면서 공간과 인간관계의 기반도 변화했습니다. 정보화 사회에서는 온라인이라는 가상의 공간으로 이동해가고, 이제는 인간관계도 핵가족을 거쳐 '혼밥 시대'가 되었죠. 코로나19 사태로 인해 사람들이 모이기 어려운 조건이 되었으니 1인용 주거 공간으로 분화되거나 가

상공간으로 이동하는 속도는 더욱 빨라질 거예요.

지금 코로나19 사태로 인해 우리가 그동안 살아온 삶의 방식이 모두 깨지고 있습니다. '매일 출퇴근을 해야 한다', '정해진 프로그램대로 움직여야 한다', '한번 세운 계획은 바꾸면 안 된다' 이런 생각도 바뀔 수밖에 없는 상황이 되었어요. 이처럼 일상이 깨어지는 충격이 오면서 많은 혼란과 고통, 두려움이 일어나고 있습니다. 그러나 이럴 때 변화를 제대로 직시하고 대응할 수 있다면 변화가 꼭 나쁜 것만은 아니에요. 오히려 이번 일이 계기가 돼서 우리가 꿈꾸는 세상을 향해 더 적극적으로 나아갈 수도 있습니다.

코로나 사태가 진정되면 90퍼센트 정도는 일상으로 돌아가겠지만, 10퍼센트 정도는 이번에 받은 충격으로 인해 새로운 문화가 자리 잡게 됩니다. 만약 이런 사태가 내년이나 내후년에 또 재발한다면 생활 문화가 더 많이 바뀔 겁니다. 지금 상황으로 보면 재발할 가능성이 매우 높다고 해요. 그래서 이러한 변화를 충분히 파악하고 그 기초 위에서 과학적이고 합리적인 대안을 마련해야 합니다. 이 상황이 모두 지나갈 때까지 마냥 기다리거나 손실만 보고 있으면 안 돼요. 불리한 조건을 유리한 조건으로 전환시킬 방안을 연구해야 합니다. 지금은 모두가 같은 조건에 놓여있기 때문에 오히려 더욱더 다양한 고민과 시도를 해볼 수 있어요.

'현재 일어나는 변화는 이러저러하다. 변화된 상황을 어떻게 내 필요에 유리하게 만들어갈 것인가?'

어떤 상황에서든 또렷이 깨어서 주어진 상황을 최대한 유리하게 활용하는 주체적 자세를 가져야 합니다. 세상은 늘 우리 뜻과 상관없이 움직여요. 세상이 어떻게 변화하든 우리는 그 상황이 우리에게 유리하도록 효율적으로 활용하면 돼요. 미리 대비할 수 있는 부분이 있다면 대비하고요. 변화 그 자체는 놀라거나 두려워할 필요가 없습니다.

코로나19 사태와 같은 일은 앞으로 몇 년마다 계속 일어난다고 봐야 합니다. 오히려 재발 주기가 더 짧아질 가능성이 높습니다. 그렇기 때문에 검사 키트나 치료약 같은 기술 개발도 필요하지만 우리 삶의 방식과 마음 자세도 많이 바꿔야 할 거예요. 이 사태가 한 번으로 끝날 줄 알고 다시 원래대로 돌아가 버리면 다음에는 더 큰 위험에 처할 수 있어요. 그러니 멀리 내다보고 이번 경험을 토대로 삼아 대처 능력을 계속 키워나가야 해요.

'이보다 더 전파력이 강하고 치사율이 높은 바이러스가 나타나더라도 능히 대응할 수 있도록 이번에 제대로 연습을 하자.'

이렇게 변화를 적극적으로 받아들여 오히려 발전할 수 있는 소중한 기회로 삼으면 좋겠습니다. 그동안 우리가 문명의 모범이라고 생각했던 미국이나 유럽의 여러 나라들이 이번 코로나 사태에 속수무책인 모습을 보고 현대문명의 허구성과 불안정함을 알 수 있었어요. 그래서 문명사가들은 코로나 사태를 계기로 새로운 문명이 도래할 것이라고 예측하기도 합니다. 우리는 코로나 사태를 문명 전환의 징후로 보고, 이런 불안정성을 극복할 대응책을 하나씩 세워나가면 됩니다. 세상은 언제 그런 일이 있었냐는 듯이 원래대로 돌아가더라도 우리는 이전과 같은 방식으로 돌아가지 않아야 합니다. 이런 사태가 반복될 것에 대비한 대책을 강구해나가야 해요. 그것이 깨어있는 사람의 삶의 자세입니다."

눈치 안 보고 사는 방법이 없을까요

"제 노력으로 원하는 직장에 취업해도, 조직 생활에서 살아남으려면 아부가 필수인 사회가 싫어요. 아부하지 않고 원하는 인생을 살 수 없다면 차라리 스님이 되는 것이 좋을 것 같아요."

"스님이 돼도 좋지만 스님들 세계에서도 아부를 잘해야지, 안 그러면 저처럼 교단 안에서 살기 힘들어요. 어디에서든 아부를 잘해야 출세해요."

"그래도 저는 떳떳하게 살고 싶어요."

"산속에서 혼자 살면 돼요. 하지만 사람들과 같이 살려면 그들이 질문자를 좋아해야 하는데, 그러려면 그들이 좋아하는 걸 질문자가 해줘야 해요. 질문자는 그걸 안 하겠다고요? 상대가 원하는 건 하기 싫고 내가 좋아하는 것만 하겠다는

사람은 욕심쟁이거나 고집쟁이지, 사회생활을 당당하게 할 수 있는 사람이 아니에요. 어머니가 자녀들을 키울 때 어머니도 말을 잘 듣는 애가 예쁠까요, 안 듣는 애가 예쁠까요?"

"말 잘 듣는 아이요."

"하물며 어머니도 그런데 세상은 더하겠지요. 후배 중에 제 고집만 피우거나, 제 입맛에 맞는다고 자기만 먹거나, 자긴 공부한다고 다른 사람이 청소 다 해놓으면 들어오는 사람이 있다면 그 후배가 예쁘겠어요?"

"아니요, 진짜 꼴 보기 싫을 것 같아요."

"남에게 더 잘 보이기 위해 내가 안 해도 되는 일을 억지로 한다면 아부하는 거지만, 단체로 야외 가서 불을 피우거나 설거지를 하는 것은 힘이 들어도 자기 역할을 하는 겁니다. 그렇게 하면 상대가 잘 봐 달라고 안 해도 잘 봐줄까요, 안 봐줄까요?"

"잘 봐주겠지요."

"네. 그러니까 '잘 보이고 싶으면 그렇게 하라'는 거예요. 잘 보이려고 심부름해 주면 안 되는 거예요? 질문자는 지금 남들에게 잘 보이려는 행위를 굉장히 안 좋게 평가하는데, 무조건 나쁘게만 보지 마세요. 그러나 윗사람에게 남이 해놓은 걸 자기가 한 것처럼 생색내거나 근무 시간에 상사 어깨 주물러 주고 승진했다면, 다른 사람들 기분이 어떨까요?"

"기분 나쁘겠지요."

"그래요, 그런 행위는 안 돼요. 그러나 어느 정도 남 눈치 보는 건 나쁜 게 아니에요. 제가 이 강연장 올 때 옷도 깨끗하게 세탁해 입고 머리도 깎았어요. 왜 그랬을까요?"

"저희한테 잘 보이려고요."

"제가 깔끔하게 온 이유는, 여러분한테 잘 보여 돈을 벌거나 인기를 얻으려는 목적이 아니라, 최소한의 예의이기 때문입니다.

가끔 잡무가 너무 많다는 선생님이 있는데, 잡무만 하라면 문제겠지만 아이들을 가르치려면 그에 따른 학교 행정도 처리할 게 있잖아요. 선생님뿐 아니라 어떤 일이든 잡무는 다 있어요. 밥을 먹으려면 밥을 해야 하고, 밥을 하려면 쌀이 있어야 하고, 쌀이 있으려면 농사를 지어야 해요. 이런 식으로 모든 게 서로 연결되어 있듯, 어느 정도는 타인을 인정하고, 그들과의 관계도 개선하면서 나아가야지요.

그런데 질문자는 '내 일만 하면 되지, 타인한테까지 신경 쓸 필요 없다'는 주장이 너무 센데, 그런 주장하면서 회사를 오래 다닐 수 있을까요? 이렇게 자기 고집만 부리면 처음에는 '똑똑하다'고 좋아할지 몰라도, 시간이 갈수록 신뢰하기가 어렵지요. 질문자는 지금 '내 마음대로 안 되면 그 모든 걸 포기한다'는 식인데 어때요?"

"제가 자존심도 세고, 당당하게 살겠다는 신념이 강한 편인데 듣고 보니 스님 말씀이 맞는 것 같아요."

"여름에 덥다고 옷을 죄다 벗고 다니면 될까요?"

"안 돼요."

"왜 안 돼요? 더운데 왜 남의 눈치를 봐요? 남 눈치 안 보고 살겠다면 날씨가 더울 땐 다 벗고 다녀도 될 텐데, 실제 그러면 안 되듯 기본적인 예의는 갖춰야 하겠지요?"

"네. 나중에 원하는 회사에 들어가도 너무 눈치 볼 필요도 없지만, 밉보이지 않은 선에서 할 말은 하되 다른 사람들과 잘 지내면 된다는 말씀이지요?"

"맞아요. 다만 그 사이에서의 조율이 관건이에요. 조율은 경험을 통해서 가능하고, 때로는 밉보이게 될 걸 알아도 말할 수밖에 없는 일도 있어요. 그렇게 경험이 쌓이다 보면 적절하게 조정이 되는데 그걸 중도中道라고 해요. 중도란 '딱 가운데'가 아니라 넘치지도 부족하지도 않은, 바른 길로 가되 다른 사람을 포용하는 거예요. 그런데 이것은 이론보다 연습이 더 필요합니다.

제가 법문할 때 어느 땐 정신 차리라며 송곳처럼 말할 때가 있지요. 목적이 야단치려는 건 아닌데, 질문자 입장에서는 그렇게 느껴질 때가 있잖아요. 반대로 '아, 네' 하는 식으로 하소연을 그저 들어주면, 질문자 입장에서는 '질문해 봐야 별 도움이 안 된다'고 해요. 그러니까 스님도 그 사이를 줄타기하듯 적절히 조정해요. 질문자도 그렇게 자꾸 연습을 해보세요."

스트레스는
내가 옳다는 생각이 강할 때 받습니다.
자기가 옳다는 생각이 강한 사람일수록
스트레스를 많이 받아요.

그런데 내가 옳다고 할 게 있나요?
사실은 사람의 생각이 서로 다른 것이지
누가 옳고, 누가 그른 게 아니에요.
서로 다를 뿐이에요.

스트레스 받을 때,
'또 내가 옳다고 주장하는구나'
이렇게 자기를 한번 돌아보세요.

4차 산업혁명,
어떻게 준비해야 할까요

"다들 4차 산업혁명이 온다고 말하지만, 어떤 직업이 유망하고 어떤 직업이 없어질 것인지는 확답을 못 주는 것 같습니다. 앞으로 그런 시대를 제대로 맞으려면, 저와 같은 20대는 어떻게 준비해야 할까요?"

"유행하는 말로 답하자면, '너도 모르고 나도 몰라요.' 미래에 어떤 직업이 늘고 어떤 직업이 줄어들지 정확하게 진단을 하기는 어렵습니다. 지금 대비할 수 있는 가장 좋은 방법은 무엇이든 할 수 있는 사람이 되는 거예요. 그러면 세상이 아무리 바뀌어도 신경 쓸 필요가 없습니다. 농사가 필요한 세상이 되면 농사지으면 되고, 공장이 필요한 세상이 되면 공장에서 일하면 되고, 지식이 필요한 세상이 되면 지식을 쌓으면 됩니다.

미래 사회에 제일 중요한 능력은 유연함입니다. 유연함을 다른 말로 표현하면 '자유로움'입니다. 불교 용어로 표현하면 '해탈'이에요. 어릴 때부터 이렇게 사고의 유연함을 키울 수 있는 교육이 이뤄져야 합니다. 그런데 지금 우리나라의 교육은 경직되어 있어서, 사고나 행동을 전환하기가 어려워요. 지금처럼 정해진 답을 가르치는 방식이 아니라 학생들이 자유롭게 문제 해결 방식을 모색하도록 해주는 교육이 필요해요. 학생이 '그 문제는 이렇게 해보면 좋겠습니다'라고 자기 의견을 이야기하면, '그건 선생님도 생각을 못 해봤네', '그렇게 생각할 수도 있겠구나'라고 의견을 받아줄 수 있어야 합니다. 다만 학생이 한 말에 모순이 있다면, 그 모순만 발견하도록 도와주면 됩니다. '옳다 그르다', '맞다 틀렸다' 이런 말은 할 필요가 없어요. 이것이 사고의 유연성을 키우는 교육이에요.

그러나 우리는 이런 교육을 받아본 경험이 없기에 훈련이 좀 필요해요. 인류 역사상 제일 유연한 사고로 문제 해결을 잘했던 사람이 바로 부처님입니다. 앞으로는 불교가 종교로서 역할보다 사고를 유연하게 하는 훈련으로서 역할을 더 많이 하게 될 거예요. 지금 저와 이렇게 주고받는 즉문즉설

대화를 통해 여러분은 이런 훈련을 하고 있어요.

제가 하는 즉문즉설을 들어보면 정답이 없잖아요. 그래서 저는 적응력이 높아요. 세계 어느 곳에 가서도 무슨 일이든 하면서 살 수 있어요. 청소할 일 있으면 청소하고, 밥할 일 있으면 밥하고, 공부할 일 있으면 공부하고, 법문이 필요하면 법문을 합니다. 이렇게 무엇이든 할 수 있는 사람이 되면, 미래에 사회가 어떻게 변할지 걱정할 필요 없이 그때그때 상황에 맞게 대응을 하면 돼요.

질문자는 미래가 걱정이라고 했는데, 저와 몸을 바꿀래요? 미래를 걱정하는 20대와 미래를 걱정 안 해도 되는 60대 중 어느 쪽이 나아요?"

"제가 낫습니다."

"그래요. 60대인 저도 웃으면서 사는데 20대인 질문자가 왜 걱정을 해요? 제일 중요한 건 사고의 유연성이에요."

"네, 감사합니다. 유연하게 사고하면서 이것저것 다 해보겠습니다."

"자식을 걱정하는 연세 드신 분들도 마찬가지예요. 아이들이 결혼을 하든 혼자 살든, 동거만 하고 결혼식은 안 하든, 애를 낳든 안 낳든간에 별로 신경 쓸 필요가 없어요. 내가 신경 쓴다고 해서 자식이 내 말을 듣는 것도 아니고요.

기성세대가 보기에는 젊은이들이 어른이 되어 사회에 나가면 세상이 망할 것 같지만, 막상 그 젊은이들이 사회에 나가면 또 세상을 잘 돌아가게 하는 주인공이 됩니다. 사회가 갈수록 빠르게 변화하는 가운데, 옳고 그름만 따지다 보면 사고가 경직됩니다. 좋고 나쁘고, 옳고 그른 게 없이 그냥 하나의 물결이에요. 그 물결에 휩쓸려 떠내려가지도 말고, 떠내려가지 않으려고 하지도 마세요. 그냥 흐르는 대로 놓아두고 그중에 선택해서 살면 돼요. 세상의 흐름과 달라도 내가 다른 방향으로 사는 게 좋으면 그렇게 살고, 흐름을 따라가고 싶으면 따르는 쪽을 선택해서 살면 됩니다. 선택에는 항상 결과에 대한 책임이 따릅니다.

자기 좋을 대로 사는데
왜 괴로울까요

"뭐든지 원하는 대로 선택했지만, 늘 불만스럽고 마음이 괴롭습니다. 사실은 지금 배우자에 대해서도 그래요. 왜 자꾸 이런 마음이 드는지, 어떻게 하면 좋을지 궁금합니다."

"사는 데에는 어떻게 살아야 한다고 정한 길이 없습니다. 자기 좋을 대로 살면 됩니다. 그런데 자기 좋을 대로 사는데 괴롭다고 하면 모순이잖아요. 자기 좋을 대로 살았는데 왜 괴로워요? 그러니까 이런 모순이 어디서 발생할까요?

이 문제는 밖을 보지 말고, 자기 안을 들여다보면서 점검해야 합니다. 이 세상 77억 인구 중에 내 마음에 딱 드는 사람은 아니어도 그래도 현실에서 선택 가능한 범위 안에서는 제일 나은 사람을 고른 것이 현재 내 남편, 내 아내 아닙니까? 현실에서 그나마 괜찮은 선택을 했는데, 그 사람하고 못

살겠다고 하면 앞으로 어떤 사람하고도 못 살아요.

이렇게 한번 생각해보세요. 지금 남편이나 아내가 인물이 좀 더 낫고, 돈도 좀 더 많고, 성격도 좀 더 좋으면 좋겠다고 생각하죠? 그러면 나하고 결혼했을까요? 딴 남자, 딴 여자가 먼저 채어가요. 그리고 좋은 정도도 아니고 아예 부처님이나 예수님처럼 훌륭했으면 좋겠다 하면 아예 집을 나가버려요. 정말 훌륭한 사람은 절대 집에 안 살아요.

그런데 지금보다 더 못하면 어떨까요? 안 그래도 마음에 안 드는데 지금보다 더 못하면 내가 선택 안 했겠죠. 그러니까 지금이 딱 적당한 거예요. 불만이 있지만 그래도 선택 가능한 현실 속에서는 이 사람이 나와 같이 살 수 있는 가장 적절한 사람이에요. 여러분이 원하는 대로 이루어지는 것이 지나놓고 보면 행복이 아닙니다. 오히려 불행이 될 수도 있습니다. 그걸 아시고 현재 있는 인연에 감사하는 것이 매우 중요합니다.

괴로움에서 벗어나려면 현재 있는 직장, 현재 있는 가정, 현재 있는 국가에서도 별문제 없이 살 수 있는 자기 내적인 자유를 먼저 얻어야 합니다. 그게 진정한 자유예요. 참자유는 어디에 있어도 자유롭고, 다른 사람하고도 자유롭고, 혼자 살아도 자유로운 것입니다. 그러니 좋은 환경을 옮겨 다니기보다는 현재의 위치에서 자유를 먼저 얻어야 합니다.

이를 위해서는 세 가지 관점을 가져야 합니다. 저기가 아니고 여기, 과거나 미래가 아니라 현재, 남의 얘기 아니고 나. Here, Now, Me! 지금, 여기, 나!

우리는 '지금, 여기, 나'에 집중해야 합니다. 여기에 딱 깨어있으면 괴로울 일이 없어요. 괴로움, 분노, 슬픔, 불안이 일어나거나 하면 셋 중에서 뭘 하나 놓쳤을 때에요. 과거 생각을 하든, 미래 생각을 하든, 저기 생각을 하든, 남 얘기를 하든, 그러면 벌써 번뇌가 생기는 거예요.

부처님이 다른 이야기 한 게 아니라 지금, 여기, 나에 깨어있으라는 거예요. 여러분도 항상 이 세 가지 '지금, 여기, 나'에 깨어서 행복하시기 바랍니다."

부모님이 반대하는 연애를
하고 있어요

"부모님이 반대하는 연애를 4년 넘게 하고 있습니다. 저희가 꾸준히 잘 만나는 모습을 보여드리면 부모님 마음이 바뀔 줄 알았습니다. 그런데 시간이 지날수록 더 부딪혀서, 지금은 더 완강하게 반대하십니다. 어떻게 해야 이 상황을 지혜롭게 해결하고 후회가 남지 않는 결정을 할 수 있을까요?"

"제가 보기에 질문자가 아직 결혼할 준비가 안 되어 있어서 그 친구와 결혼하기가 좀 어렵겠습니다. 부모님 말을 듣는 게 어떻겠습니까?"

"그 사람과 헤어지는 게 문제라기보다, 다음 사람도 또 반대하실 것 같아 걱정입니다."

"그럴 겁니다. 남자 친구가 아니라 질문자가 문제니까요.

질문자는 아직 결혼할 준비가 안 된 사람입니다. 정신적으로 따지면 미성년자 수준이에요. 평소 집에서 빨래나 설거지, 청소 같은 집안일은 스스로 하는 편이에요?"

"아니요, 어머니께서 다 해주십니다."

"자기 방 청소나 빨래도 어머니에게 의지하는 것을 보니, 질문자가 신체는 어른일지 몰라도 어머니 마음속에는 어린아이와 같습니다. 그래서 부모님이 모든 것을 간섭하려는 거예요. 어머니는 결혼해서 살아보니까, '사랑이고 뭐고 결국엔 돈과 지위가 제일이더라' 이렇게 생각할 겁니다. 자식을 고생 안 시키고 부모처럼 보호해줄 사람을 찾자니, 지금처럼 할 수밖에 없겠죠.

질문자는 좋게 말하면 부모님을 생각하는 효녀지만, 나쁘게 말하면 부모님의 노예입니다. 그러니 결혼 문제에 앞서서 우선 자기 인생부터 자립을 해야 해요. 오늘 집에 가자마자 이렇게 말씀드리세요.

'어머니 아버지, 저를 낳아주시고 키워주셔서 감사드립니

다. 오늘부터는 제가 부모님을 잘 모시겠습니다.'

그리고 자기 방 청소나 빨래는 물론 집안 청소도 하고, 부모님 식사도 준비해 보세요. 이렇게 몇 개월 하면 부모님 마음속에, '우리 딸이 다 컸네. 이제 자기가 알아서 살겠구나' 하는 믿음이 생겨요. 믿음이 생기면, 겉으로는 똑같이 반대해도 그 강도가 훨씬 약해져요. 이렇게 결혼하기 전에 자립하는 연습을 먼저 해야 합니다. 자기 인생의 주인이 되어 살려 하지 않고 그저 상대를 좋아하는 마음만으로 결혼하려 하고, 부모 승낙을 못 받아서 고민하니까, '결혼할 준비가 안 됐다' 이렇게 말하는 거예요.

결혼을 하면 연애할 때와 다릅니다. 밥하고 빨래하고 청소하는 등의 생활문제로 갈등이 생길 수밖에 없어요. 부모님이 반대하는 결혼을 했기 때문에 갈등이 생기면 처음에는 견디려고 하지만, 시간이 지나면 '부모님이 맞았구나' 하는 생각이 듭니다. 상대방에게 문제가 있어서 그런 게 아니라 누구든지 같이 살면 갈등이 있게 마련인데, 그것을 부모님의 말로 합리화시키기 때문에 관계가 오래가지 못하는 거예요. 내가 문제라는 생각이 안 들고, '처음부터 네가 문제야.

우리 부모님도 그렇게 말했어' 이렇게 되니까 결혼이 실패하는 겁니다.

또 부모님이 반대하는 결혼을 하면 부모님과 사이가 안 좋아지겠죠. 그러면 질문자는 마음이 약해서 부모님에게 불효했다는 생각에 또 계속 괴로워할 수 있습니다.

그러니 결혼하기 전에 1년 정도 부모님께 빚진 걸 갚아보세요. 그러면 부모님 마음속에도 딸을 온전한 어른으로 받아들이는 마음이 생기고, 질문자도 조금이라도 빚을 갚았으니 떳떳하다는 마음이 생깁니다. 그렇게 우선 빚을 좀 갚은 다음에 부모님께 이렇게 말씀드리세요.

'저를 위해 걱정해주셔서 감사합니다. 그러나 저는 이 사람과 결혼해서 살겠습니다. 부모님께서 축하해 주시면 부모님이 원하시는 방식으로 결혼식을 하고, 축하를 안 해주셔도 결혼식 없이 혼인신고만 하고 살겠습니다.'

이렇게 말씀드리고 결혼하면 됩니다."

변화하는 미래 사회,
어떻게 대처할까요

"아직 대학에 진학하거나 사회생활을 해보지 않은 고등학생입니다. 앞으로 다가올 미래 사회에 두려움이 듭니다. 스님께서는 미래 사회에 대해 어떻게 생각하시는지, 저는 미래에 어떻게 대처해야 할지 궁금합니다."

"제가 어릴 때는 암산이나 주산을 잘하면 자랑거리가 되었지만, 요즘은 계산기만 누르면 됩니다. 또 저는 지리에 밝아서 세계 어디를 가도 길을 잘 안내하는데, 내비게이션이 나오자 이런 능력은 쓸모가 없어졌어요.

미국에서 보고된 연구에 따르면, 앞으로 4차 산업혁명 이후에는 '블루칼라'라고 불리던 육체노동 중심의 기술 관련 직업과 '화이트칼라'로 불리던 지식을 사용하는 사무 관련 직업이 크게 줄어든다고 해요. 인공지능이 발달하면 단순한 기술이나 지식을 요하는 일은 사람보다 기계가 더 잘할 수 있으니까요.

새로운 사회에서는 창의적인 극소수의 사람이 아이디어를 내고 단순한 일은 기계가 대체하게 된다고 합니다. 새로운 직업도 많이 생겨나긴 하겠지만 현재의 일자리는 대부분 없어져요. 그 결과 빈부격차가 더 급격히 벌어지고, 이를 해결하는 것이 중요한 사회적 과제가 되겠지요.

그렇다면 미래 사회에서 중요한 것은 무엇일까요? 바로 '문제해결 능력'입니다. 당면한 과제를 다양한 아이디어로 해결하는 능력은 탐구를 통해서만 기를 수 있어요. 이 문제해결 능력을 바꿔 말하면 '창의력'이라고 합니다.

지금처럼 지식만 쌓는 공부로는 창의력이 생기지 않습니다. 창의력은 우선 생각이 자유로워야 하고, 항상 탐구하는 자세가 뒷받침되어야 해요. 스님이 어릴 때는 팽이를 직접 만들어서 갖고 놀았어요. 저마다 팽이를 더 잘 만들고 못 만들고는 있지만, 맞고 틀리고는 없었습니다. 조금 못 만든 사람은 잘 만든 팽이를 참고해서 부족한 점을 개선해 나갔어요. 정답이 없기에 가능한 일입니다. 지금의 학교 교육처럼 정답과 오답을 따지는 암기 위주의 교육으로는 문제를 해결할 능력을 키울 수 없어요.

아이디어와 창의력은 '집중력'에서 나옵니다. 집중력은 좋아하는 일을 할 때 극대화됩니다. 아이들이 게임을 할 때는 엄마가 불러도 안 들리잖아요. 그럴 땐 '열심히' 하는 게 아니라 '그냥' 하는 거예요. '열심히 한다'는 말은 하기 싫은 것을 억지로 할 때 쓰는 말입니다.

자기가 좋아하는 일은 저절로 열심히 하게 되기 때문에 노력할 필요가 없어요. 이 '열심히'가 사라지면 스트레스도 사라져요. 좋아하는 것을 하면 집중이 되고, 집중이 되면 창의적인 아이디어가 나오게 마련입니다. 마냥 억지로 공부해서 스트레스를 받기보다는, 좋아하는 것에 몰입해 창의력을 키우는 편이 낫습니다.

이런 측면에서 노동의 해방도 다시 생각해 볼 수 있어요. 흔히 노동의 해방을 '노동시간은 적어지고 임금은 많이 받는 것'으로 생각하지만, 진정한 노동의 해방은 '노동의 놀이화'

입니다. 노동이 곧 놀이가 되면 노동시간이나 임금은 중요하지 않게 돼요. 각자가 좋아하는 놀이를 하는 것이니까요. 지금까지는 돈을 벌기 위해 하기 싫은 노동을 하며 스트레스를 받다보니, 그 스트레스를 풀기 위해 돈을 쓰며 즐기는 놀이가 필요했어요. 그러나 이제는 자신의 삶이 곧 놀이이자 노동이 되는 시대가 와요.

과거 부모 세대는 사회 전체가 가난했기에 돈을 많이 버는 게 아주 중요한 가치였어요. 그렇기 때문에 본인들의 경험에 비추어서 돈을 많이 버는 변호사나 의사가 되라고 조언하는 거예요. 그러나 돈만 보고 일을 하다 보면 자신이 힘들게 쌓은 재능을 사회적으로 불의한 일에 사용하는 경우가 생기기 쉽습니다. 그것은 불행을 자초하는 삶이 되기 쉽습니다. 돈이나 지위, 명예를 따를 것이 아니라 본인이 좋아하고 관심 가는 일을 해야 개인의 역량을 최고조로 발휘할 수 있지요.

'미래는 내가 진정으로 관심 있고 좋아하는 분야를 해도 밥을 굶지 않고 살 수 있는 시대다.'

이렇게 다가오는 미래 사회를 긍정적으로 바라보면 좋겠습니다. 물론 미래가 잘 보이지 않아서 불안하고 두려울 수는 있어요. 아마존 밀림으로 탐험을 떠난다면 지금까지 가보지 못했기에 두려움을 느끼겠죠. 그러나 아직 못 가봤기에 궁금하고 신기할 수도 있습니다. 새로운 것을 많이 배울 기회가 될 수 있잖아요. 이처럼 모험하고 탐구하는 자세를 가지면 미래 사회를 두려워할 이유가 없어요.

새로운 것을 연구할 때는 실패가 다반사입니다. 과학자들도 한 번의 성공을 거두기까지 수많은 실패를 거듭하잖아요. 지금까지 우리가 살아온 모방 사회에서는 이미 제시된 정답이 있었기에 노력하면 대부분 성공했습니다. 그래서 실패를 두려워했어요. 반면 미래 사회에서는 창조가 중요시될 것인데 창조를 하려면 백 번을 시도해서 한 번 성공하기도 쉽지 않아요. 계속되는 실패 속에서 하나씩 성공해가면서 길을 찾아가는 거예요.

창조의 길을 갈 때 실패를 두려워하면 안 됩니다. 실패가 바로 성공으로 가는 지름길입니다. 이때의 실패는 이기고 지는 승패의 개념이 아니라, 새로운 것을 발견해 가는 하나의 연습 과정이에요. 그런 관점을 갖고 두려움 없이 꾸준히 노력하기 바랍니다."

이것이 없으면
저것도 없다

"더운 날 등산을 갔다가 계곡물을 만나면 손을 담글 때가 있습니다. 그럴 때 우리는 여기가 위쪽이니 물이 깨끗할 거라고 생각하지만, 그 위쪽과 아래쪽에도 같은 생각을 하며 손을 담그는 사람이 있게 마련입니다. 이럴 때 우리가 있는 지점의 물이 '위쪽'이라거나 '깨끗하다'고 할 수 있을까요?"

"우리는 계곡에서 위아래를 보면서 '이쪽이 시작이고 저쪽이 끝'이라고 생각합니다. 그러나 계곡의 물은 그 위에도, 그 아래쪽에도 있습니다. 이처럼 모든 존재는 시작 이전에도 있었고, 끝 저편에도 있습니다. 우리 시각과 관념 속에서는 시작과 끝이 있지만, 사물을 총체적으로 보면 시작과 끝은 의미가 없습니다. 계곡의 시작은 샘물이고 마지막은 바다라고 생각할 수도 있겠죠. 그러나 바닷물이 증발해 구름을 이루고, 이 구름이 비로 내려 샘물이 된다는 이치를 깨달

으면, 그것도 시작과 끝이라고 볼 수 없습니다. 산성비 오염 때문에 계곡의 첫 샘물이 오히려 가장 더러운 물이 될 수도 있고요. 심장이 가장 깨끗한 피와 더러운 피가 만나는 곳인 것과도 같습니다.

그래서 동양의 자연관은 창조나 종말 같은 직선적 개념이 아니라 돌고 도는 윤회의 이치로 설명됩니다. 손가락은 하나하나 떨어져 있지만 모두가 손에 연결되어 있고, 왼손과 오른손도 서로 다른 개체가 아니라 몸에 연결된 하나입니다. 이처럼 사물은 단순한 개체의 집합이 아니라 연관된 하나의 총체입니다.

우리는 살기 위해 어쩔 수 없다는 이유로 다른 사람과 경쟁하고 자연을 파괴합니다. 이러한 서구적 세계관 혹은 다원적 세계관은 개별 생명의 입장에서 사물을 바라보며, 약육강식, 자연도태, 적자생존을 자연계의 보편적 이치로 규정하고, 이를 사회에도 적용합니다. 개체와 개체의 '1:1 대응'이라는 부분적 관계에서는 이런 논리가 맞을지 모릅니다. 그러나 생태계 전체의 존재 상태를 살펴보면, 상호의존과 공생, 그리고 상호연관과 보완의 측면이 훨씬 강합니다.

오늘날의 사상·과학·학문은 이러한 경쟁논리를 전제로 해서 대립과 갈등을 일으킵니다. 종교도 별다르지 않습니다. 그러나 이는 마치 엄지손가락이 살기 위해 검지를 죽이는 것과 같아서 자신에게도 커다란 비극으로 돌아옵니다. 모든 존재는 서로가 별개의 존재가 아닙니다. 상호연관된 존재라면 '네가 죽어야 내가 산다'라는 논리가 나올 수 없습니다. 이것이 불교의 연기법緣起法입니다. 이것이 있으므로 저것이 있고, 이것이 없으면 저것도 없습니다. 이것이 생기면 저것도 생기고, 이것이 멸하면 저것도 멸하게 마련입니다. 남편 없이 부인이 없고, 부인 없이 남편이 없습니다. 수소와 산소가 연관을 맺어 물이 되듯이, 모든 것은 연관되어 존재합니다.

사람들은 그 연관의 고리를 보지 못하지만 실제 존재는 단절되어 있지 않습니다. 연관의 고리를 보지 못하는 이유는 공간적으로 좁게 보고, 시간적으로 순간적 관찰을 통해 본 현상을 전체의 모습으로 착각하기 때문입니다.

얼음으로 된 구슬을 가지고 놀던 아이가 잠시 자리를 비웠다 돌아오자, 얼음구슬은 없어지고 물이 담겨 있었습니다. 아이는 구슬이 없어지고 물이 생겼다고 생각하겠지만, 얼음의 성질을 아는 어른은 단지 얼음의 구조에서 물의 구조로 물분자 안의 연관관계가 변했을 뿐이라는 사실을 압니다. 존재의 실상은 연관이 변할 뿐 사라지는 것도 아니고 생기는 것도 아닙니다. 바로 이것이 불교에서 말하는 불생불멸不生不滅의 이치입니다. 생기는 것도, 없어지는 것도 없다는 뜻입니다. 불교뿐 아니라 동양의 전통적 세계관에서는 '창조되었다', '소멸했다', '생성되었다'라는 개념이 없습니다. 서양의 세계관에서는 육신의 병든 부분만 고치면 병을 치료할 수 있다고 봅니다. 그러나 동양의 세계관에서는 병이란 몸 전체의 균형과 조화가 깨져서 발생한 문제라고 보기에, 어그러진 균형을 바로잡아서 병을 치료하고자 합니다.

물벌레와 개구리, 뱀 등이 하나의 생태계를 이루고 살아가는 연못을 생각해봅시다. 개구리의 입장에서 보면, 물벌레는 많을수록 좋고 뱀은 적을수록 좋습니다. 실제로 뱀이 죽으면 개구리가 급격하게 증가합니다. 그러나 물벌레를 잡아먹는 양이 늘어나서, 더 이상 잡아먹을 물벌레가 없어지면 결국 개구리도 모두 죽게 됩니다. 이렇게 보면 뱀의 존재가 실은 개구리를 지속적으로 살게 해 주는 존재임을 알 수 있습니다.

불교에서는 물벌레, 개구리, 뱀을 독립된 생명이 아니라 모두 한 덩어리의 생명이라고 보기 때문에 이들 사이의 조화와 균형을 생각합니다. 개구리가 생존할 수 있는 근본은 물벌레만이 아니라 뱀에게도 있습니다. 뱀, 개구리, 물벌레 등은 서로를 살리는 존재이기에 하나가 어느 하나의 천적이라고 해도 함부로 죽여서는 안 됩니다.

나무 한 그루를 떠올려봅시다. 바람이 불어서 이쪽 가지의 나뭇잎이 떨어지는 것과 저쪽 가지의 나뭇잎이 떨어지는 것은 별개인 듯 보이지만, 가지는 줄기와 연결되고 그 줄기는 다시 뿌리를 통해 땅과 연결됩니다. 땅은 고체고 그 속의 물은 액체입니다. 뿌리는 고체와 액체를 연결하고 있습니다. 또한 나무를 비닐로 씌우면 살지 못합니다. 잎을 통해 공기와 연관되어 있기 때문입니다. 검은 천을 씌워버려도 살지 못합니다. 나무는 태양과도 연관되어 있기 때문입니다. 이처럼 나무는 수없이 많은 것과 연관되어 있음을 알 수 있습니다.

우리는 뜰의 나무가 만들어낸 산소를 마시며 숨을 쉬고, 그 앞에 흐르는 샘물을 마시고 살아갑니다. 우리 몸의 70퍼센트는 그런 물로 이루어져 있습니다. 또 우리는 땅에서 만들어진 채소와 음식을 먹고 살아가지요. 그 채소는 비와 바람, 태양과 땅 속의 작은 벌레, 똥과 나무가 썩어 만들어진 거름 등 많은 것의 힘을 받아 이루어진 존재입니다. 우리도 죽으면 다시 그 땅으로 돌아갑니다. 이렇게 세상의 모든 존재는 중중첩첩 연관되어 있습니다."

봄에 잎이 나면 가을에는 낙엽이 되는 것이
자연의 원리이고 우주의 법칙입니다.
그런데 한 가지에 집착하면
그것이 지속되길 바라게 됩니다.
나는 계속해서 늙지 않고 건강하기를 바란다든지,
한 번 내 것은 계속 내 것이길 바란다든지 하는 것은
착각이 만들어낸 집착입니다.
새차를 사고 나서 시간이 지나면,
낡아서 폐차가 되는 것이 정상이고
시간이 흐르면 사람이 늙어가는 것이 정상입니다
이런 원리를 늘 명심하면
집착이 줄어들고 욕심이 적어지게 됩니다.

4

선택과 책임 사이에서 찾은 행복

결혼을 앞두고 책임감 때문에 두려움이 생깁니다

"남자 친구와 내년에 결혼할 예정인데, 무언가 책임을 져야 한다는 것에 두려움이 생깁니다. 어떻게 하면 이 두려움을 극복할 수 있을까요?"

"결혼을 선택하니까 책임을 져야죠. 책임을 지는 게 왜 두려워요? 서로 다른 두 사람이 만나 결혼해서 같이 생활하니까 서로 다른 것이 부딪칠 때 당연히 양보도 해야 합니다.

결혼해서 살면 작은 것부터 갈등이 생깁니다. 이럴 때 제일 좋고 간단한 방법은 내가 상대에게 무조건 맞추는 거예요. 내 것을 탁 놓아버리고 상대에게 맞춰버리면 말싸움조차도 할 것이 없습니다.

그렇다고 꼭 상대에게 다 맞춰야 하는 건 아니에요. 그때

는 내 상황을 상대에게 자세히 이야기해야 해요. '당신에게 맞추면 좋겠지만 내가 스트레스를 너무 많이 받아서 힘들어. 그러니 우리가 절반씩 양보하면 어때?' 이렇게 말하고 중간 지점을 선택하는 겁니다. 그런데 이 방법은 상대의 동의를 얻어야 해요."

"동의를 안 해주면 제가 맞춰야 하는 건가요?"

"네, 같이 살려면 그래야죠. 아니면 헤어져도 돼요. 길은 여러 가지가 있어요. 맞추는 것에도 여러 가지 방법이 있습니다. 내가 상대에게 맞춰도 되고, 상대가 나에게 맞춰도 되고, 서로가 반반씩 맞춰도 돼요.

이렇게 상대에게 맞추려는 준비가 되어 있으면 결혼할 준비가 됐다고 말할 수 있어요. 그런 마음가짐이 없다면 나이가 아무리 많아도 결혼할 준비가 안 된 거예요. 그러니 결혼은 나이하고도 관계가 없고, 직장하고도 관계가 없고, 혼수하고도 관계가 없습니다. 상대와 함께 살면서 뭐든지 상대하고 의논해서 맞출 준비가 됐는지 여부가 가장 중요해요. 그럴 준비가 됐으면 결혼하고, 준비가 안 됐으면 결혼 안 하면 돼요.

결혼이 두렵다는 말은 '상대에게 맞추기 귀찮다', '왜 나만 맞춰야 해?' 이런 생각을 하고 있다는 뜻이에요. 벌써부터 그런 생각을 하니까 결혼이 힘들게 느껴지는 거예요.

그게 아니라면 질문자의 부모님이 결혼해서 티격태격하며 사셨을 가능성이 높아요. 어린 시절에 그런 모습을 보면서 '나는 결혼 안 하겠다' 이런 생각을 했을 거예요. 어른이 되어서는 어릴 때 기억을 잊고, 연애할 때는 괜찮았지만 결혼을 하려니까 무의식 세계에서 '아이고, 내가 그걸 어떻게 감당하지?' 이렇게 겁이 덜컥 나는 거예요. 그래서 부부 갈등이 심하면 아이들이 결혼하기가 좀 어렵습니다. 결혼을 못 한다는 게 아니라, 결혼을 하려는 결정적인 순간에 물러서는 마음이 자꾸 일어나기 때문입니다. 이럴 때는 '그것은 어머니, 아버지의 인생이다' 이렇게 한발 물러나서 바라봐야 해요. 부모님은 서로 상대에게 안 맞추고 살았기 때문에 힘들었던 거예요.

결혼을 하려면 '그래, 같이 살려면 내가 맞추고 살아야지'

이런 마음을 내는 것이 좋습니다. 그러나 이 말을 '내 주장은 하나도 하면 안 되는구나' 이렇게 받아들이면 안 돼요. 필요한 경우에는 주장도 해야지요. 주장을 해서 관철이 되면 다행이고, 그렇지 않으면 내가 양보를 하는 거예요. 또 서로가 조금씩 양보해서 합의가 되면 다행이고, 그것도 안 되면 통째로 양보해버리면 됩니다. 이렇게 하지 않고, '힘들다', '상대가 고집이 세다' 이렇게 생각하면 같이 살기 힘들어요. 그렇게 밀고 당기며 조정하는 과정을 재미로 여기고 해보세요. 그러면 스트레스를 안 받아요. 자기 감정을 조금씩 표현하되 상대의 반응을 보고 조율해가면서 살면 됩니다. 이 세상에 별난 남자, 별난 여자는 없습니다. 맞추면 모든 상대가 다 괜찮은 사람이 되고, 못 맞추면 어떤 상대와도 함께 못 살아요."

"결혼하게 되면 시부모님과의 관계도 걱정이 됩니다."

"만약 질문자가 '이 남자, 참 괜찮다' 이렇게 생각해서 결혼한다면 고부간의 갈등이 아주 심할 것을 각오해야 해요. 내가 봐도 괜찮은 남자니까, 그 부모가 볼 때는 얼마나 괜찮겠어요? 그러니 이런 경우에는 아들에 대한 부모님의 기대가 지나치게 클 가능성이 높아요.

그렇기 때문에 결혼하면 시부모님에게 항상 '고맙습니다'와 '죄송합니다'라는 두 가지 마음을 가져야 해요. 아들을 그렇게 훌륭하게 키웠으니 아들에 대한 집착이 강할 텐데, 그 아들을 질문자가 가져가 버렸잖아요. 그러니까 시부모님이 뭐라고 시비하면 '아이고, 죄송합니다'라고 해야 해요. 또 나에게 괜찮은 남자를 만들어준 공로가 있는 분이니까 항상 '고맙습니다'라고 하고요. 서로 성별이 바뀌어도 마찬가지입니다. 그렇게 상대방과 상대의 가족을 존중하며 현명하게 사시기 바랍니다."

학생인데 진로가 고민입니다

"저는 학생인데, 두 가지 진로 중 어느 쪽을 선택할지 고민입니다. 이럴 때는 어떻게 해야 고민을 해결할 수 있을까요?"

"그럴 때는 동전을 던져서 나오는 대로 선택하면 돼요. 아니면 손바닥에 침을 뱉어서 튀는 쪽으로 선택해도 되고요. 제가 어릴 때는 갈림길에서 어느 방향이 맞는지 잘 모를 때 그런 방법을 많이 썼어요. 아주 간단합니다.

근거 없는 방법 같지만 따지고 보면 아주 과학적인 방법이에요. 어느 한 쪽으로 마음이 70:30 혹은 80:20 정도로 기울었다면, 애초에 질문자가 저한테 와서 안 물었을 테니까요. 가령 결혼하면 좋겠다 싶은 마음이 80이고 안 좋겠다 싶은 마음이 20이면, 결혼하는 쪽으로 본인이 알아서 결정하겠죠. 반대로 좋은 부분이 20이고 안 좋은 부분이 80이어도,

안 하는 쪽으로 스스로 결정을 해요.

그런데 고민이라면서 물을 때는 좋은 점과 안 좋은 점이 거의 50:50으로 비슷할 때입니다. 이럴 때는 헷갈리기 때문에 아무리 고민을 해도 결정을 내리기가 어려워요. 결정을 해도 다음날엔 또 다른 선택이 좋아 보여요. 그만큼 양쪽의 비중이나 장단점이 비슷하다는 뜻이니까, 사실은 어떤 선택을 해도 별 차이가 없어요.

그래서 동전을 던져서 결정해도 된다고 말하는 거예요. 이런 문제는 오히려 가볍게 선택을 해버려야 해요. 아무리 고민해도 결론이 쉽게 나지 않고, 어느 쪽을 선택하든 아쉬움이 남아 후회하기 쉽기 때문입니다.

그래서 지금 질문자의 고민은 사실 '어떤 선택이 더 좋은가?'라는 문제가 아니라 '선택에 따른 책임을 질 것인가?'라는 문제입니다. 질문자가 선택을 두고 고민이 된다면, 선택에 따른 책임을 지지 않으려는 마음이 있을 가능성이 높아요.

결혼하고 평범하게 살지, 출가해서 스님이 될지 고민하는 사람이 있다고 합시다. 그 마음을 잘 살펴보면, 책임 때문에 망설이고 있을 가능성이 높아요. 결혼을 했을 때 따르는 어려움도 책임지지 않으려 하고 스님으로 혼자 살 때 마주하게 될 어려움도 책임지지 않으려고 하니까 쉽게 선택을 못하고 있을 가능성이 높아요.

선택의 문제는 고민한다고 해결되지 않습니다. 다만 선택에 따른 책임을 지겠다는 자세만 있으면, 그 어떤 결정을 내려도 괜찮아요. 혼자 살겠다고 결정하면 혼자 사는 데 따르는 어려움을 감수하면 되고, 결혼해서 누군가와 함께 살겠다고 하면 그 사람과 맞추겠다는 각오를 하면 돼요.

결혼해서 살면서, 혼자 살 때처럼 마음대로 살 수는 없어요. 입맛, 방의 온도 등 작은 것부터 하나씩 배우자와 맞추면서 살아야 합니다. 그렇게 하기 싫다면 혼자 살아야 해요. 혼자 사는 편안함을 택하는 대신 외로움이 따른다든지, 둘이 사는 것보다는 조금 덜 효율적이라든지 하는 부분을 감수해야 합니다. 둘이 살면 번갈아 가면서 밥을 해도 되고, 둘이 한 집에서 살면 집세도 아낄 수 있으니, 여러모로 효율적인 부분이 많아요. 그런 반면, 둘의 다름을 극복하고 맞추면서 살아야 한다는 어려움도 있습니다. 그러니 이건 어느 결정이 낫다고 할 수 없어요. 다만 선택에 따라 일어나는 문제에 책임질 자세가 되어 있는가의 문제예요."

"그러면 저는 덜 후회하는 쪽으로 선택을 하면 될까요?"

"질문자가 돈을 빌릴지 말지 고민하고 있다고 해봅시다. 돈을 빌리면 당장의 궁함은 해결할 수 있지만 빌린 만큼 이자까지 더해서 갚아야 해요. 지금 궁한 걸 생각하면 돈을 빌리는 편이 낫고, 이자까지 쳐서 갚을 것을 생각하면 빌리지 않는 편이 낫겠죠. 그럴 때는 어떤 결정을 하든지 책임을 지면 됩니다. 돈을 빌리면 이자까지 쳐서 갚을 각오를 해야 하고, 그 책임이 싫으면 지금 궁하더라도 빌리지 않아야 해요."

"아, 이제 알겠습니다. 감사합니다."

"지금 질문한 학생뿐 아니라 다른 분들도 이런 고민을 매일 할 거예요. 그런데 이건 '어떤 선택이 옳은가?'의 문제가 아니라 책임의 문제입니다. 어떤 결정을 내리든지 그 결정에 따른 책임을 지고, 내린 결정에 대한 과보를 기꺼이 받아들이면 돼요. 그러면 어떤 결정을 내려도 아무 문제가 없어요."

인생에는 답이 없습니다.
순간순간 선택만 있을 뿐입니다.

우리가 선택을 어렵게 생각하고 망설이지만
선택 자체가 어려운 것이 아니라
선택에 대한 책임을 회피하기 때문에
망설여지고 어려워하는 것입니다.

선택에 대한 책임을 기꺼이 진다면
선택이 훨씬 쉬울 것입니다.

죽음이
두려워요

"어릴 때부터 죽는다는 것을 생각하면 가슴이 내려앉고 두려움과 공포가 컸습니다. 이제 여기서 자유롭고 싶습니다. 어떻게 하면 좋을까요?"

"죽음을 생각하지 않으면 되잖아요."

"제가 일부러 생각하는 게 아니라, 지하철을 탔을 때나 혼자 걸어갈 때 문득 죽음에 대한 생각이 갑자기 듭니다."

"그럴 때 퍼뜩 다른 생각을 해보세요."

"그렇게 해봤는데 잘 안돼요."

"그러면 괴로워하는 수밖에 없죠. 죽음을 생각할 때마다

두려움이 생긴다면, 그건 트라우마예요. 어릴 때 나도 모르게 죽음에 대해서 놀란 일이 있거나, 기억도 안 나지만 어떤 죽을 고비를 넘겼는지도 몰라요."

"딱히 떠오르는 기억은 없어요."

"그렇다면 아주 어릴 때 생긴 트라우마가 무의식 세계에 있다는 거예요. 그 생각을 하면 옛날의 두려움이 되살아 일어나는 겁니다. 세 살 이전의 경험이면 기억을 못 하고, 세 살 이후의 경험이면 심리 상담을 통해 그 장면이 다시 재현될 수도 있습니다. 뇌의 기억 창고에 다 기록이 돼 있으니까요. 이렇게 트라우마의 원인을 찾아서 거기서 그 두려움을 치유하는 방법이 있습니다.

그러나 그것보다 더 쉬운 방법은 죽음을 생각할 때마다 두려움이 일어난다면, 그냥 그 생각을 끄는 거예요. 그 생각이 딱 나면 딴생각을 바로 해버리는 겁니다. 질문자의 경우에 죽음이 생각나면 트라우마 때문에 자동으로 두려움이 일어나니까, 죽음이 생각나면 얼른 머리를 흔들고 다른 생각을 해버리는 겁니다. 책을 본다든지, 영화를 본다든지, 다른 장면으로 전환해버리는 거예요."

"그런 방법은 회피가 아닐까요?"

"회피가 아니라 치유의 한 방법이에요. 자동으로 켜지니까 내가 끄는 겁니다. 켜지는 건 자동으로 켜지지만, 끄는 건 내가 선택할 수 있거든요. 이렇게 하면 트라우마가 있어도, 나는 트라우마로부터 자유로울 수 있습니다.

다른 방법은 죽음이라는 게 별게 아니라고 생각하는 겁니다. 모든 사람은 다 죽게 되어 있습니다. 삶은 태어나서 죽음으로 가는 경주여서 누구나 다 종착점은 죽음이에요. 누구나 다 가는 길이기 때문에 따지고 보면 두려워할 필요가 없어요.

질문자가 아무리 다르게 생각하려고 해도, 죽음에 대한 생각이 자꾸 떠오르고 괴로움이 일어나는 것은 무의식 세계에서 하나의 습관이 되었기 때문입니다. 이런 무의식 세계의 오랜 습관을 불교 용어로는 '까르마'라고 해요. 즉, 죽음에 대한 생각이 자동으로 떠오르고, 두려움이 일어나도록 까르마가 형성되어 있기 때문이에요. 질문자는 그 까르마에 계속 휘둘리고 살 건지, 아니면 그 까르마로부터 자유로울 건지 오늘부터 선택해야 해요.

모든 까르마를 다 소멸시킬 순 없어요. 정말 상처가 심한 건 치유해야 하지만, 어차피 산다는 건 전부 과거로부터 살아온 습관의 결과물입니다. 그 결과물로 자꾸 괴로움이 생긴다면, 자기가 괴롭지 않게 살기 위한 안전장치를 마련해야 합니다.

그런 생각이 떠오르면 생각을 바꾸고, 안 바꿔지면 조금 괴로워하고요. 하지만 너무 두려워할 필요는 없어요. '아, 이것은 내 까르마라서 잠시 일어나는 현상일 뿐이야' 이렇게 생각하고 그 괴로움의 시간을 줄이는 것도 하나의 방법이 될 수가 있겠죠.

우리의 인생은 내가 선택하는 것도 있지만, 절반 이상은 환경이 나를 규정합니다. 결혼도 직장도 환경에 떠밀려서 가는 사람이 많을 거예요. 삶의 대부분이 이처럼 큰 흐름에 떠밀려서 가는 일들입니다. 죽는 것도 마찬가지예요. 다만 우리는 그 안에서 작은 선택들을 할 뿐입니다. 그 선택은 이러나저러나 사실 큰 차이가 없어요. 머리를 많이 굴리든 적게 굴리든, 결과에는 별 차이가 없습니다. 죽음은 어느 순간 나의 의지와 관계없이 찾아올 수 있습니다. 그러니 죽음을 너무 두려워하지 마세요."

상대의 단점을 보면 고쳐주고 싶어요

“저는 성격이 강하거나 무례한 사람을 대할 때, ‘저런 부분은 단점이니까 고쳤으면 좋겠다’ 하는 분별심이 자꾸 일어납니다. 어떻게 해야 할까요?”

“질문자는 자기 성격을 쉽게 고쳐요, 못 고쳐요?”

“행복학교에 나가서 스님의 법문을 듣고 나서부터는 성격이 조금 나아졌습니다.”

“모든 사람들이 다 똑같아요. 그 나물에 그 밥이에요. 누구나 자기 성격을 고치기는 어렵습니다. 성격을 고치려면 한 번 죽었다가 다시 태어나는 환골탈태를 해야 합니다. 그 정도로 어려우니까 자꾸 남의 성격을 고치려고 하지 마세요. 내 성격도 고치기 어려운데, 어떻게 남의 성격을 고치겠어요. 자기는 그나마 행복학교를 다녀서 조금씩 변할 수 있었지만, 그 사람은 행복학교를 다닌 것도 아니고 수행을 한 것도 아니잖아요. 본인이 스스로 고치려고 해도 성격은 잘 안 고쳐져요. 그런데 남이 와서 고치라고 해서 성격이 고쳐지겠어요.

상대방의 성격을 좋다 나쁘다 판단하고 고치려는 것은, 마치 날씨가 추울 때 '날씨야 따뜻해져라' 하고 몇 번 외치다가 그래도 안 따뜻해지니까, '스님, 날씨가 안 따뜻해지는데 어떻게 하면 좋습니까?' 하고 묻는 것과 같아요. 상대의 성격을 고치고 안 고치고는 그 사람의 일입니다. 내가 할 수 있는 일이 아니에요. 이런 사람이든 저런 사람이든, 그 사람의 성격을 좋다 나쁘다 보지 말고 '아, 저 사람의 성격은 저렇구나', '아, 이 사람의 성격은 이렇구나' 이렇게만 보아야 합니다. 그러면 주장이 강한 사람을 만났을 때도, '내가 어떻게 할 것인가' 하는 내 문제로 받아들일 수 있게 됩니다.

날씨가 추울 때도 같은 문제예요. 날씨가 추운 것은 좋은 것도 아니고 나쁜 것도 아닙니다. 좋다 나쁘다 판단할 게 아니라, 그럴 때 어떻게 할 것인지 내 선택의 문제로 받아들여야 합니다. '추우니까 밖에 안 나가야 되겠다', '옷을 두껍게 입고 나가야 되겠다' 이건 내가 선택하는 거예요.

직장에 성격이 강한 사람이 있으면, '직장을 그만두자', '이 직장을 그만두면 다른 직장을 구할 수 없으니까 참고 다니자', '한 번 세게 부딪쳐보자' 이 중에서 자기가 선택을 하는 거예요. 이 방법 저 방법 시도해보면서 자기가 선택을 하는 겁니다. 여기서 주눅이 들면 안 돼요. 어떤 사람을 만나든 그 사람에게 어떤 대응을 할 것인지는 내 문제입니다.

결혼생활을 할 때도 남편에 대해서 불만이 있다면, 그런 남편과 같이 살 것인지 아니면 안 살 것인지, 만약 산다면 앞으로 어떻게 대응할 것인지, 이 중에서 내가 선택한다는 관점을 가져야 합니다. '남편이 이렇게 해주면 같이 살고, 안 해주면 같이 안 산다' 이렇게 생각하면 남편한테 평생 목을 매달고 살아야 합니다. 남편이 이렇게 해주면 웃음이 났다가, 저렇게 해주면 인상을 쓰는 노예 생활을 하게 됩니다. 관점을 이렇게 가져야 이 세상 어디에 가서도 내가 주인으로 살 수 있어요.

이처럼 내가 어떻게 할 것인지 선택해야 내가 주인이 됩니다. 관점을 이렇게 갖고 대응을 해보세요. 부딪쳐도 보고, 양보도 해보고, 여러 가지로 대응해 보면서 가장 적절한 방법을 찾아나가야 합니다. 마치 날씨가 추울 때는 옷을 두껍게 입고 나가 보기도 하고, 너무 추우면 외출을 안 해보기도 하고, 여러 가지 방법으로 대응을 해봐야 하는 것과 같습니다. 그렇게 자기 대응 능력을 키워나가는 게 인생입니다."

그 사람을
잊을 수가 없어요

"저는 서른두 살, 미혼입니다. 제게는 좋아하는 사람이 있는데, 그 남자가 자꾸 저를 밀어내려고 합니다. 하지만 저는 그 사람과의 관계가 쉽게 정리되지 않습니다."

"상대는 이미 나에게 정리하자고 의사 표현을 했잖아요. 그러면 질문자가 '좋아' 하고 상대의 의사를 받아들이는 방법이 있고, 상대의 의사를 내가 도저히 받아들일 수 없으면 '그래도 나는 네가 좋아' 하는 방법이 있어요."

"저는 계속 좋다고 말을 하지만 상대방은 그런 제가 이기적이라고 생각할 것 같아요."

"맞아요. 이기적이에요. 원래 인간은 이기적이기 때문에 그런 생각은 할 필요가 없습니다. 그렇게 따진다면, 나를 싫

다고 하는 상대방도 이기적이라고 할 수가 있어요. 하지만 상대방이 나를 별로 좋아하지 않는다고 해서 '왜 나를 안 좋아해?'라고 따지면 안 돼요. 그건 상대방의 자유예요. 싫어하는 건 상대 마음이고, 그럼에도 불구하고 좋아하는 건 내 마음이에요."

"그러면 제가 좋은 대로 제 감정을 솔직하게 표현해도 괜찮을까요?"

"네, 괜찮아요. 상대방에게 강요하지 않고 그저 자기 마음을 표현하는 건 아무 문제가 없어요. 하지만 상대방이 내 마음을 받아들이지 않는다고 해서 그 사람이 나쁜 건 아니에요. 아직 결혼한 것도 아니고, 어떠한 계약 관계를 맺은 것도 아니기 때문에 아무런 문제가 없습니다. 따지고 보면, 계약 관계를 맺으려고 서로 의논을 하다가 합의가 잘 안 돼서 그만둔 경우는 허물이 되지 않아요.

물론 질문자가 원하는 대로 되지 않아서 힘들다는 것은 이해가 됩니다. 그렇다고 상대방이 나쁜 행동을 한 건 아니에요. 상대방에게 내 마음을 표현했는데도 상대방이 정 싫다고 하면 그만두어야 합니다. 또 그래도 나는 여전히 상대방이 좋으면 그냥 좋아하면 돼요. 대신 나를 좋아해주는 사람을 좋아하는 것보다 힘들겠죠.

나를 좋아하지 않는 사람을 만나면 그만두든지, 아니면 나를 좋아하게끔 변화를 이끌 수 있도록 연구와 노력을 해야 합니다. 그런데 막무가내로 하면 상대방이 질문자를 더 싫어하게 될 수도 있어요. 그러니까 그런 상대방을 이해하면서 전과는 다르게 접근해야 효과가 있어요. 상대방이 정말 어려울 때 도움을 준다든지, 꼭 필요한 물건이 있으면 그걸 선물로 준다든지 그러면 상대방 기분이 좋아지지요. 그런데 우리는 상대방이 필요한 걸 안 주고 내가 주고 싶은 걸 줘요. 상대가 무엇을 필요로 하는지는 연구를 해야 알 수 있어요.

그렇게 했는데도 정 안 된다 싶으면 포기하면 돼요. 포기를 한다고 꼭 나쁜 것일까요? 아니에요. 그건 나에게 다른 기회가 될 수도 있어요. 나에게 어떤 기회가 올지는 아직 모르니까, 지금 그 사람과의 관계가 내가 원하는 만큼 안 된다고 해도 지나친 미련을 가질 필요는 없어요.

그러니까 좋은 감정이 남아있으면 억지로 억누를 필요 없이 있으면 있는 대로 표현해보세요. 그렇게 해야 나중에 후회도 남지 않습니다. 지금 이 상태에서 그만두면, 나중에 '그때 조금 더 이야기해 볼걸' 하는 후회와 미련이 남을 수 있어요. 그러니 나중에 돌이켜봐도 미련이 전혀 안 남을 정도로, 상대에게 수모를 겪더라도 확실하게 겪는 게 좋아요. 그래야 나중에 미련이 남지 않아서 질문자에게 좋은 거예요. 그렇게 하지 않고 지금 대충 넘어갔다가, 나중에 다른 사람을 만나면 자꾸 예전 사람 생각이 떠올라서 괴로워집니다. 그러니까 상대에게 조금이라도 마음이 남아있다면, 조금 더 용기를 내서 자신의 감정을 표현해보세요. 잘 되면 잘 되어서 좋습니다. 만약 안 되더라도 수모를 크게 겪어서 상대에 대한 정이 탁 떨어져도 좋습니다.

지금 질문자도 상대방이 많이 좋을 때 헤어져서 아직 정이 안 떨어졌다고 볼 수 있어요. 그 남자가 질문자에게 못된 짓을 조금 더 세게 했다면 정이 탁 떨어지고, 꼴도 보기 싫어집니다. 그러니까 질문자가 조금 더 매달려 보면 상대방이 조금 더 모질게 나올 거예요. '너 만나면 재수 없다' 이 정도로 나오면 정이 떨어질까요, 그래도 좋을까요?"

"정이 떨어질 것 같아요."

"네. 그렇게 정이 떨어지면 질문자에게 좋은 거예요. 어쩌면 그 남자가 욕심이 많은지도 몰라요. 질문자 앞에서는 싫다고 하면서도 정을 조금 주고, 그렇게 마음을 줄 듯 안 줄 듯하니까요. 그래서 질문자도 물고기가 낚싯밥을 물듯이 상대에게 미련이 남아있는 거예요. 저 같으면 바로 '안녕히 계세요'라고 했을 겁니다."

직장 생활이
힘들면 어떡하죠

"타지에 있는 병원에서 곧 직장 생활을 시작할 예정인데 막상 입사하려니까 인간관계나 타지 생활이 힘들 것 같아 걱정입니다. 그럴 때 참아야 할지 퇴사를 해야 할지 모르겠어요."

"참으면 병이 된다는 말이 있지요? 참으면 병이 되고, 성질대로 하면 퇴사하게 되어 손해가 생기기 쉽습니다. 손해가 생기니까 참고, 그러다 결국 못 참고 성질부린 뒤에 후회해요. 사는 게 다 그렇습니다. 그게 인생이에요.

그러니까 첫째, 직장을 그만두어도 되면 그만두세요. 둘째, 생활 때문에 그만둘 수 없다면 그런 조건을 감안하고도 내가 선택한 것이니까, 그 선택을 책임지는 자세가 필요합니다. 참지도 말고 성질도 부리지 마세요.

그러려면 자기 마음을 봐야 해요. 화가 난다는 사실을 먼저 알아차립니다. '터트릴까, 참을까' 이렇게 흑백논리에 빠지지 말고 그냥 '화가 나는구나' 하고 알아차리는 겁니다. 그러고 나서 '왜 화가 날까?', '저 사람의 저 말에 내가 왜 화가 날까?' 하고 탐구해 보세요. 내가 괴로우니까 마치 상대가 일부러 나를 괴롭히려는 것처럼 느껴지지만, 정작 본인에게 물어보면 일부러 그러는 게 아니에요. 그러니 다만 '저 사람 말버릇이 저렇구나', '저 사람 성질이 저렇구나' 하고 상대를 이해하면 됩니다. 그 사람이 잘했다는 뜻이 아니라 사실대로 본다는 뜻이에요. 사실대로 보면 참을 일도 성질부릴 일도 없어요."

"하지만 참을 수 없는 일도 있을 것 같아요. 신입에게만 너무 과중한 일을 시켜도 그냥 참아야 하나요?"

"'선배는 환자를 다섯 명 보면서, 나에게는 열 명 보라고 한다'고 생각하면 불만이 커집니다. 하지만 이왕 병원에서 근무한다면 하루에 환자 다섯 명 보는 게 나아요, 열 명 보는 게 나아요?"

"열 명 보는 게 나아요."

"'나는 경험을 많이 해야 하니까 열 명을 맡아 본다' 이렇게 긍정적으로 생각해야 합니다. 그러다 보면 나의 임상경험이 쌓여서 선배와 비슷해집니다. 이렇게 우선 적응을 해 보세요. 이게 나한테는 좋은 기회가 됩니다.

그러고 나서 직장 내 부당 노동행위나 불법적인 행동이 일어나면 그것은 고치려는 노력이 필요합니다. 내 일이 아니라고, 귀찮다고 내버려두면 안 돼요. 불법적인 행위나 부조리한 것들을 변화시키는 것이 바로 사회정의예요."

"직장 내에서 부조리한 것을 변화시키려다 보면 자꾸 사람들과 부딪치게 될 것 같아요."

"변화를 가져오는 방법에는 두 가지가 있어요. 하나는 잘못된 것을 무너뜨리는 방법입니다. 지금 사회적으로 얘기되는 적폐 청산이 여기에 해당해요. 또 다른 하나는 바른 것을 계속 일으켜서 잘못된 것이 저절로 무너지게 하는 방법입니다. 좋은 모델을 자꾸 개발하면, 서로 싸우지 않고도 다른 사람들이 '참 괜찮네' 하면서 좋은 모델을 따라오게 됩니다.

이렇게 적응하는 훈련과 변화를 위한 노력은 늘 함께해야 해요. 적응하려면 나를 이겨야 하고, 변화를 불러오려면 세상의 이치를 알아야 합니다. 적을 알고 나를 알면 백전백승이라고 하듯, 상대를 이해하고 사물을 이해하는 것이 필요합니다."

명상은 호흡의 고요함이 아니라
마음의 고요함을 유지하는 거예요.
마음이 고요하면 호흡도 고요해져요.
고요함을 유지할 수 있으면

누가 욕설을 해도
화나는 마음 없이 다만 지켜볼 수 있어요.

감정을 눌러 참으면 스트레스가 되지만
고요함을 유지하면
어떤 말을 듣든 어떤 일이 있든
흔들림 없이 편안할 수 있어요.

투표한다고 세상이 바뀔 수 있을까요

"선거 기간이면 투표 참여를 독려하는 캠페인을 많이 접하지만, 투표를 왜 해야 하는지 모르겠습니다. 우리가 투표한다고 세상이 바뀔 수 있을까요?"

"우리에게는 투표를 할 권리가 있지만 안 할 자유도 있어요. 그런데 일부 유럽 국가에서는 투표를 국민의 권리이자 의무로 규정해서, 투표를 안 하면 벌금을 물립니다. 왜 그럴까요?

우리 헌법 제1조에는 '대한민국은 민주공화국이다. 모든 권력은 국민으로부터 나온다'라고 되어 있습니다. 나라의 주인은 국민입니다. 하지만 현실적으로 모든 국민이 국가 권력을 행사할 수는 없으니까 대리인을 뽑아서 국가 운영 권한을 위임하는 것을 '대의정치'라고 해요.

대한민국이 회사라면 우리는 회사의 주인인 주주입니다. 모든 주주가 회사 경영에 참여할 수는 없으니까, 주주총회를 열어 이사와 대표이사를 선출해서 회사 경영을 위임합니다. 경영이 신통찮으면 다음 총회에서 대표이사를 바꿔야겠죠. 그런데 소액주주들은 영향력이 작다고 해서 아예 주주총회에 참석하지 않으니까 주식을 많이 갖고 있는 대주주들이 회사를 움직이죠. 그것처럼 특정 세력들이 언론을 장악해서 국민들의 주권 행사에 영향을 미치니까, 결국 국가 운영이 다수 국민의 뜻과 다르게 움직이기 쉬워요.

특히 우리나라가 채택한 소선거구제는 승자독식 구조입니다. 게다가 투표율도 낮다 보니 전체 인구수로 보면, 다수의 의견이 오히려 사표死票가 되어 국정에 반영되지 못하는 경우가 많습니다. 지금까지는 득표율과 관계없이 국민 열 명 중 세 명 이상의 지지를 받은 대통령이 거의 없습니다. 총선 투표율은 대선보다 낮으니, 실제 국민의 지지는 더 낮다고 봐야죠.

이런 대의 민주주의의 모순을 극복하려면 사표를 줄여야 합니다. 투표에 최대한 참여해서 국민의 의사를 반영시켜야 해요. 정치에 실망해서 투표를 안 하면 지금처럼 소수가 권력을 계속 독점합니다.

특히 젊은 층이 투표에 적극 참여해야 합니다. 우리나라 투표율을 보면 50대 이상은 70퍼센트, 70대 이상은 80퍼센트에 달합니다. 하지만 20대는 30~40퍼센트도 안 됩니다. 불평은 하면서 투표라는 권리 행사는 안 하는 경우가 많으니 젊은이들을 위한 정책이 국정에 제대로 반영되기 어렵습니다. 권력을 잡으려는 사람들은 표를 의식하기 때문에 투표에 적극적인 노인층의 환심을 살 시책을 많이 내놓습니다.

군사전문기관의 발표에 따르면, 2015년 연말 기준으로 전 세계 무기거래액이 718억 달러입니다. 그중 한국이 78억 달러, 즉 9조 원어치를 수입해 세계 1위였어요. 통일은 차치하고 남북 간 긴장만 완화되어도 이처럼 어마어마한 군사비를 쓸 필요가 없어요. 군사비 지출이 우선되면 청년실업 문제 해결이나 반값 등록금과 같은 청년 복지를 위한 예산은 후순위로 밀리거나 적어질 수밖에 없겠죠.

돈이 없어서 문제가 아니라 돈을 어디에 쓰느냐가 문제예요. 주택, 학비, 일자리 등 청년과 직접 관계되는 모든 문제가 법과 정책의 우선순위가 되느냐는 투표에 영향을 받습니다. 그 법을 만드는 곳이 국회이고, 그 정책을 입안하고 집행하는 곳이 정부와 지방자치체예요. 그래서 그 기관의 기관장을 어떻게 선출하느냐가 중요하지요.

민주주의 국가에서는 투표를 해야 합니다. 불평만 하고 투표를 안 하거나 귀찮다고 기권하면 언론을 장악한 사람과 조직을 가진 사람, 그리고 돈이 많은 사람이 국정을 주무르는 사실상의 독재사회 혹은 전제국가로 갈 수밖에 없어요. 그 책임은 대통령이나 정치인이 아닌 국민에게 있어요. 나라의 주인인 우리가 헌법에 보장된 권리를 행사하지 않았으니까요.

투표할 때는 사표 방지가 중요해요. 최선이 없다면 차선이나 차악이라도 선택해야 합니다. 왜냐하면 최악을 막아야 나라가 덜 어지러워지기 때문이에요. 정당과 개인을 따로 찍어도 됩니다. 정당은 내가 지지하는 정당을 찍되, 해당 정당 후보자를 찍어도 사표밖에 안 되겠다 싶으면, 개인은 차

악이라도 당선 가능성이 있는 사람을 선택해야 합니다. 기권이나 사표가 많으면, 국민의 지지를 적게 받고도 결과적으로는 당선되는 경우가 많아요. 그러면 자기들이 국민의 지지를 받았다고 착각합니다. 그러니 다수가 올바른 투표권을 행사해서 청년들이 원하는 정책을 추진할 정부를 구성해야 잘못을 시정할 수 있습니다.

여러분이 살고 있는 이 사회의 변화에 따라, 여러분 개인의 삶이 달라집니다. 그런데 여러분은 서로 간의 경쟁에만 급급한 나머지, 사회 구조적 모순을 개선하려는 의식은 갈수록 부족해지고 있어요. 오늘날의 젊은이들은 투표 참여율이 낮아서 사회 변화의 동력이 되기 어렵습니다. 지금 우리 사회는 혁명을 일으킬 때는 아니에요. 현재의 시스템 안에서 변화를 이루어낼 유일한 방법이 선거인데, 투표를 안 하면 그 기회마저 없어져요. 그러니 여러분이 투표에 적극 참여해야 합니다. 데이트를 하더라도 우선은 연인과 손잡고 가서 투표부터 하고 난 후 데이트를 하세요."

놀면 불안하고,
일하면 힘들어요

“자영업을 시작한 지 1년 반, 거의 쉬지 않고 일을 하고 있습니다. 보통 아침 7시 반에 출근해서 가게 일을 마감하고 나면 밤 10시가 됩니다. 주위에서 다들 일중독인 것 같다고 합니다. 부모님이 걱정을 많이 하시고, 최근에는 일중독 문제로 남자 친구와 헤어졌습니다. 저도 쉬고 싶은 마음이 들긴 하지만 월세 같은 고정비용에 대한 걱정이 큽니다. 또 한편으로는 일을 하고 있어도 내가 잘하고 있는지 의문이 듭니다. 걱정과 불안을 내려놓고 마음 편히 쉰다는 건 어떤 것인지 궁금합니다.”

“심정은 이해가 됩니다. 놀면 불안하고 일하면 힘들다는 거네요. 질문자 스스로 조절을 해야 해요. 예를 들어 외줄을 타려면 어떻게 해야 합니까? 이쪽으로 넘어지면, 다음에는 저쪽으로 조금 더 힘을 주면 돼요. 저쪽으로 넘어지면, 다음에는 이쪽으로 조금 더 힘을 주고요. 이러다 보면 한 번은 이리 넘어지고, 한 번은 저리 넘어집니다. 이렇게 몇 번 하다가 보면 조금씩 조정이 됩니다.

처음에는 완전히 이쪽으로 넘어졌다가 저쪽으로 넘어졌다가 합니다. 그래도 이렇게 자꾸 연습을 많이 하면, 처음에는 휘청거리다가 넘어지지만 나중에는 덜 휘청거리고 가게 됩니다. 이런 게 연습이고 경험입니다.

그것처럼 질문자도 일이 힘들면 쉬어보는 겁니다. 이것은 외줄타기를 할 때 넘어지는 것과 같아요. 쉬었더니 불안한 마음이 들면 일을 해보는 거예요. 이것은 외줄타기를 할 때, 반대편으로 넘어진 거예요. 일이 힘들면 쉬어보고, 쉬니 불안하면 다시 일을 해보는 거예요. 이러다 보면 놀 때는 아직도 불안하지만 저번보다는 편히 쉴 수 있고, 일할 때는 힘들지만 저번보다는 덜 힘들게 일할 수 있게 됩니다.

다시 말하면, 처음엔 일을 열심히 해보는 거예요. 일을 열심히 하다보면 힘이 들겠죠. 그러면 쉬어보는 겁니다. 쉬어도 마음이 편하지 않다면 다시 일하면 돼요. 일하면 또 힘들겠죠. 그럼 또 쉬어보는 거예요. 이렇게 열 번, 스무 번 정도

왔다 갔다 하면 자연적으로 터득되는 것이 있습니다.

처음에는 너무 따지지 말고 일하다가 피곤하면 쉬고, 쉬다가 마음이 불안하면 다시 일하고, 이렇게 몇 번 반복해 보세요. 그러다보면 저절로 왔다 갔다 하는 속도가 조금씩 늦어지면서 쉬는 것과 일하는 것 사이를 약간씩 조정해나가는 법을 터득하게 돼요. 큰 문제가 아니니까 일 중독증이라고 너무 부정적으로 보지 마세요.

일하면 힘들고 쉬고 있으면 불안한 것은 심리 불안이 있어서 그런 것일 뿐이에요. '일하면 힘들다', '쉬면 불안하다' 이 두 가지는 똑같은 겁니다. 이 문제는 쉰다고 해결될 일도 아니고, 일한다고 해결될 일도 아닙니다. 힘들면 일 때문에 그렇다는 생각이 들어서 일을 그만두고 싶어집니다. 그렇다고 일을 쉬면 불안해지니까, 또 일을 해야 할 것 같은 생각이 듭니다. 이 양쪽을 계속 왔다 갔다 왕복해보면, '아, 이것은 일 문제도 아니고 쉬는 문제도 아니구나. 내 심리가 불안해서 생긴 문제구나' 하는 것을 알게 됩니다. 이것이 나의 심리 문제라는 것을 알게 되면, 쉰다든지 일한다든지 이런 선택을 갖고 논하지 않고, 나의 불안한 심리를 내가 지켜보게 됩니다.

매일 아침에 일어나서 '저는 편안합니다' 하고 기도를 해 보세요. 만약 기독교 신자라면 '하나님의 은혜 속에 저는 편안하게 잘 살고 있습니다. 감사합니다' 이렇게 기도하면 됩니다. 불교 신자라면 '부처님의 가피 속에 저는 오늘도 편안하게 삽니다. 감사합니다' 이렇게 기도하면 됩니다.

매일 아침마다 일어나서 '저는 편안합니다' 하고 자기 암시를 하면, 일을 해도 덜 힘들고 쉬어도 불안하지 않게 되는 쪽으로 점점 나아갑니다. 불안한 마음이 있기는 있지만 지금보다는 좋아집니다."

남자 친구 몰래 다른 남자를 만나요

"저는 열정적이고 하고 싶은 것도 많고 호기심도 많습니다. 지금 만나는 사람이 있는데 이 사람과 결혼할 수 있을지, 결혼한 후에 이혼이라도 하게 되는 건 아닌지 걱정이 됩니다. 사실 요즘 다른 남자에게 관심이 생겼어요. 그래서 결혼 후에 이혼하지 않고 잘 살 수 있을지 궁금합니다."

"여러 사람을 만나도 아무 문제가 없어요. 질문자는 지금 결혼하지 않았잖아요? 지금 사귀는 남자와 결혼하겠다고 약속했어요?"

"남자 친구가 자꾸 결혼하자고 얘기를 해요. 본인이 나이가 있으니까요. 그런데 저는 도망가고 싶어요."

"왜 미련을 갖고 있어요?"

"남자 친구가 사람이 좋아요. 제 성격도 다 받아주고요. 그런데 이번에 새로 만난 남자는 완전히 정반대의 사람이거든요. 아직 만난 지 2주밖에 안 돼서 자세한 건 잘 모르겠지만 자꾸 관심이 가요."

"새로 만난 남자는 뭐가 좋아요?"

"남자다워요. 그런데 결혼하면 고집도 부리고, 저를 때릴 수도 있을 것 같아요. 하지만 지금 남자 친구는 성격이 정말 좋아요. 그런데 답답한 면이 있어요."

"질문자는 지금 어떤 상태냐 하면, '솜이 너무 폭신하고 부드러워서 좋은데 왜 이리 강하지 못할까?', '칼은 날카로워서 좋은데 왜 이리 부드럽지 못할까?' 이렇게 얘기하는 것과 똑같아요. 질문자는 상대방에게 만능을 요구하지만, 실제는 그렇게 안 됩니다. 그러니 선택을 해야 합니다.

누구를 만나도 자기 마음에 다 드는 사람은 없습니다. 둘 다 가지려는 데서 질문자의 불행이 시작되는 거예요. 어느 쪽을 선택해야 할지 잘 모를 때는 둘 다 버리면 됩니다. 세상 사람들도 좋은 것은 둘 다 가지고 싶어하지요. 그러나 현실에서는 하나를 선택하면 다른 하나는 버려야 하는 겁니다."

"그럼 제 자신을 바꾸려면 어떻게 해야 할까요?"

"편안하게 살려면, 답답하더라도 그냥 지금 결혼하자는 사람과 결혼해서 살면 됩니다."

"수행이라고 생각하고 그렇게 살라는 건가요?"

"'사는 거야 밥만 먹고 살면 되지' 하는 마음으로 살면 돼요. 양다리 걸치면 질문자만 고생이에요. 지금 양다리 걸치니까 머리가 안 아파요?"

"엄청 아파요."

"그래요. 사실은 한 다리도 안 걸치는 스님이 제일 좋은 거예요. 그 다음은 한 다리 걸치는 것이 낫고, 양다리를 걸치는 것은 진짜 머리 아픈 거예요. 그게 좋은 것 같지만 들킬까봐 신경 써야지, 변명해야지, 사람이 할 짓이 아니에요. 그러니 질문자도 교통 정리를 하세요.

결혼하기 전에는 한 남자와 사귀다가 다른 남자가 좋아져서 그 남자도 사귀는 건 도덕적으로 죄가 안 됩니다. 법적으로도 죄가 안 되는 건 물론이고요. 왜냐하면 처녀와 총각에게는 많은 사람 중에서 자신이 마음에 드는 사람을 선택할 권리가 있으니까요.

그런데 연애 중에 한눈을 팔면, 원래 사귀던 사람을 놓치기 쉬워요. 나중에는 아무리 만나봐도 그만한 사람이 없을 수가 있어요. 그래서 욕심은 괴로움이 된다고 말하는 거예요. 질문자에게는 선택할 권리가 있지만, 너무 욕심내면 나중에 괴로움이 따릅니다."

아무리 좋아하던 사이라도
상대가 나를 싫어할 때가 있고
나도 상대가 싫어질 때가 있습니다.
이처럼 마음은 변하는 게 사실입니다.

행복으로 가는 길은
마음이 바뀌지 않는 게 아니라
마음이 바뀌는 줄 알고 그 변화에
구애받지 않는 것입니다.

자기 마음의 움직임을
스스로 알아차리고 지켜보면
마음의 끊임없는 출렁거림 속에서도
여일한 삶이 찾아옵니다.

명상을 하면
상처가 치유되는 이유

“스님께서 명상이 무의식에 영향을 준다고 말씀하신 적이 있습니다. 어떤 과정을 거쳐서 그렇게 되는지 과학적인 설명을 듣고 싶습니다. 그 과정을 이해하면, 앞으로 명상할 때 큰 도움이 될 것 같습니다.”

“불교에서는 인간의 정신 작용을 여덟 가지八識로 분류합니다.

먼저 제1식에서 제5식까지를 전오식前五識이라고 하는데, 이는 다섯 가지 감각 기관을 통해서 어떤 대상을 식별하는 정신 작용을 뜻합니다. 즉, 눈으로 보는 안식眼識, 귀로 듣는 이식耳識, 냄새를 맡는 비식鼻識, 혀로 맛보는 설식舌識, 몸으로 감촉을 느끼는 신식身識 등이 전오식에 해당합니다.

그리고 제6식부터 제8식까지를 후삼식後三識이라고 합니다. 후삼식은 3단계로 나누어 설명할 수 있어요. 제6식 의식意識은 여러 감각 기관을 통해 얻은 전오식이 종합되어서, 뇌에서 일어나는 마음 작용입니다. 생각하고, 가치를 판단하는 이런 이성적인 작용을 제6식인 의식이라고 해요. 제7식 말나식末那識 manas은 의식과 무의식의 중간에 있는 식識입니다. 제8식 아뢰야식阿賴耶識 ālaya vijñāna은 모든 정보와 경험이 총체적으로 쌓여 있는 정보의 창고(함장식)인 잠재된 무의식입니다.

현대 서양 정신분석학의 용어로 말하면 제6식은 의식, 제8식은 무의식이라고 말할 수 있어요. 밤에 잠을 잘 때, 꿈을 꾸면 무의식의 일부가 의식의 세계로 떠오릅니다. 꿈을 의식으로 통제할 수 없다는 측면에서 무의식에 가깝습니다. 하지만 우리가 꿈을 알 수 있다는 측면에서는 의식에 가깝다고 볼 수 있어요. 그래서 꿈은 제6식인 의식과 제8식인 무의식의 중간에 있는 제7식인 말나식末那識이라고 합니다.

눈을 감고 명상을 하면, 처음에는 이런저런 생각인 의식이 떠오릅니다. 이때, 생각에 끌려가지 말고 생각을 탁 놓아버리면, 무의식으로부터 마치 꿈처럼 떠오르기 시작합니다. 꿈도 아니고, 그렇다고 생시도 아닌, 무언가 혼미한 상태가 됩니다.

이렇게 무의식이 드러날 때, 혼미한 상태에 빠지지 말고 호흡을 알아차리면 마치 꿈속에서 '이건 꿈이다' 하고 알아차리는 것과 같습니다. 우리가 꿈을 꿀 때는 꿈인 줄 모르잖아요. 꿈이 진짜인 줄 알고 강도가 쫓아오면 두려움을 느끼죠. 하지만 꿈속에서 '이건 꿈이야!'라고 안다면 강도가 쫓아와도, 호랑이가 나타나도 두려워하지 않을 겁니다. 왜냐하면 그건 꿈일 뿐이니까요.

어떤 마음의 상처, 즉 트라우마가 기억이 나면 눈물이 나거나, 화가 납니다. 마치 지금 그 일을 겪는 것 같은 감정에 휩싸이게 되지요. 그런데 감정에 휩쓸리지 않고 평정심을 유지하면서 계속 호흡을 알아차리면, 그런 기억이 일어나더라도 그냥 '아! 그런 일이 있었구나' 하고 남의 일 보듯이 할 수 있게 됩니다. 이렇게 마음의 평정심을 계속 유지할 수 있으면, 그런 트라우마는 대부분 치유가 돼요. 그렇게 되면, 나에게 상처였던 그 사건을 기억은 하지만 감정이 덧나지 않는 경지로 나아갈 수 있어요. 그래서 명상을 하면 마음의 상처를 치유할 수 있다고 말하는 거예요.

상처가 치유되면 성격이 바뀐다든지 마음씀씀이가 바뀌기도 합니다. 하지만 마음이나 성격은 의식적으로 각오하고 결심한다고 바뀌지 않습니다. 무의식에 있는 상처가 치유될 때 저절로 변하는 겁니다. 그러니까 과거의 생각이든 미래의 생각이든, 그 어떤 생각이 올라오든지 간에 그것을 좋아하지도 말고 싫어하지도 마세요. 다만 호흡을 알아차리세요. 이것을 계속 연습해야 합니다.

물론 이렇게 일주일에 한 번 명상을 40분씩 한다고 해서, 무의식에 이를 수는 없어요. 하루 종일 열흘 정도 명상을 계속하면, 무의식이 일어납니다. 이때, 많은 사람들이 과거의 상처가 떠오른다고 자신의 감정을 호소합니다. 이렇게 무의식에 새겨진 과거의 상처가 떠오를 때마다 또다시 분노하거나 원망하고 슬퍼하면, 치유가 되지 않고 상처가 덧나게 됩니다. 그러면 그냥 꿈에서 놀란 것과 같아요. 그런 무의식이 올라오더라도 평정심을 유지해서 다만 호흡을 알아차려야 합니다. 두 번 세 번 놓치더라도, 다시 호흡으로 돌아오는 연습이 되면, 나중에는 사건을 기억할 뿐이고 상처는 치유됩니다.

과거의 상처가 쌓여 있으면, 알게 모르게 현재와 미래에 장애가 됩니다. 하지만 상처가 치유되면, 과거의 그 어떤 경험도 현재와 미래에 긍정적으로 작용해요. 만약 내가 가난하게 자라서 가난에 대한 트라우마가 있다고 해봅시다. 어릴 때 생각만 하면 나도 모르게 자꾸 화가 나요. 그러면 현재에도 미래에도 가난에 대한 열등감, 혹은 두려움이 자꾸 일어납니다. 또 부자들을 미워하거나 동시에 부러워하기도 하죠. 그러나 가난에 대한 트라우마를 치유하면, 어릴 때 가난하게 살았던 과거의 경험 덕분에 가난한 사람들을 이해하기도 쉽고 또 검소하게 살아가는 데에도 도움이 됩니다. 이처럼 가난하게 살면서 겪었던 모든 일들이 오히려 현재와 미래에 자산이 되는 거예요.

아무리 나쁜 조건에서 고통스럽게 살아왔더라도, 이런 깨달음을 얻으면 나쁜 경험도 모두 내 삶의 긍정적 요소가 됩니다. 똥이 방 안에 있으면 오물이지만, 밭에 가면 거름이 돼요. 마찬가지로 어떤 사건이 마음의 상처로 남아 있으면 내 삶의 장애가 되지만, 상처를 치유하면 유용한 자산이 됩니다."

인정받고 싶은 욕구가 강해요

"저는 인정받고 싶은 욕구가 굉장히 강해요. 상대방이 나를 인정해 주지 않을 때, 스트레스를 굉장히 많이 받고 인간관계가 힘들어져요. 어떻게 하면 이런 욕구를 내려놓을 수 있을까요?"

"상대방으로부터 인정받는 것은 내 마음대로 할 수 없는 거예요. 사람들에게 '내가 원하는 대로 나를 인정해 달라' 하는 것은 나의 꼭두각시가 되어 달라는 말이잖아요."

"상대방이 저를 인정해주지 않을 수도 있다는 사실을 머리로는 알지만, 제가 그 부분을 가슴으로 인정하기가 힘들어요. 그래서 그걸 좀 내려놓고 싶어요."

"상대가 나를 인정하고 안 하고, 이해하고 안 하고, 사랑하고 안 하고, 도와주고 안 도와주고는 상대가 할 일이지 내

일이 아니에요. 그것은 그들의 몫이에요. 다른 사람의 몫에 내가 간섭을 하고 있는 거예요. 나를 인정하라는 것은 부당한 요구예요. 부당한 요구인줄 알면 멈추어야지요."

"그러면 반대로, 상대방이 제게 어떤 행동을 강요하는 상황에서는 제가 어떻게 대응해야 할까요?"

"그건 그 사람이 바라는 대로 해주고 싶으면 하고, 안 해주고 싶으면 안 하면 됩니다. 하고 안 하고는 내 자유입니다. 그 사람이 뭐라 하든, 그걸 내가 듣고 안 듣고는 나의 선택이고 권리이며 자유입니다.

질문자는 지금 내 권리는 그 사람한테 넘겨주려고 하고, 그 사람 권리는 내가 가지려고 하잖아요. 내가 무언가를 할 것인지는 내 권리이고, 그 사람이 뭘 하는 것은 그 사람의 권리입니다. 누가 돈 빌려달라면 '네' 하고, 없으면 안 빌려주면 돼요. 빌려주고 안 빌려주고는 내 권리예요. 그것을 미안해할 아무런 이유가 없어요.

다만 관계를 나쁘게 하지 않기 위해서는 말을 부드럽게

표현해야겠죠. 상대가 돈을 빌려달라고 할 때, '안 빌려주는 것도 내 권리다!' 이러지 말고, '아이고, 빌려줬으면 좋겠지만 돈이 없어요' 이렇게 좀 부드럽게 얘기하세요. 주고 안 주고는 내 선택이지만, 그렇다고 해도 '내 권리다!' 이렇게 얘기하면 상대가 기분 나쁠 수 있잖아요. 그러니까 '아이고, 미안하다' 하든지, 백만 원 빌려 달라고 하면 주머니에 있는 십만 원이라도 꺼내주면서 '이거라도 써라. 이거밖에 없다' 이러면 됩니다. 어느 쪽을 선택하든 나의 권리예요. 그런데 질문자는 지금 남의 권리는 침해하는 반면 내 권리는 빼앗기고 있어요. 남의 권리도 침해하지 말고, 내 권리도 빼앗지 마세요."

사랑은
무엇인가요

"인간은 죽을 때까지 욕망과 욕심 속에서 사는 것 같습니다. 어떻게 하면 살아가면서 좋은 사랑을 할 수 있는지, 그리고 사랑이 무엇인지 궁금합니다."

"사랑이라는 것은 없어요."

"사랑이라는 것이 존재하지 않는다는 말씀인가요?"

"네. '사랑'이라는 말과 환상이 있을 뿐이지, 사랑이라는 실체는 없어요. 만약 어떠한 상황에 처하더라도 미움으로 바뀌지 않는 것을 '사랑'이라고 정의한다면, 아무런 기대 없이 어려운 사람을 보고 돕고 싶은 마음이 일어나거나 행동하는 것이라고 할 수 있습니다. 부모가 어린 자식을 키우거나 어려운 사람을 보고 연민을 느끼거나 돕고 싶은 마음이 일어날 때를 의미한다고 볼 수 있어요.

'사랑'이라는 용어를 내가 어떤 사람을 좋아하는 것이라고 정의한다면, 그것은 인간의 욕망을 뜻합니다. 이 욕망이 나쁘다는 뜻은 아닙니다. 상대를 좋아하면 뭐든지 해주고 싶은 순수한 마음이 있기 때문이에요.

그런데 이렇게 욕망이 내재된 사랑은 자기 뜻대로 안 되면 상대를 미워하는 요소가 있어요. 그래서 '사랑은 미움의 씨앗이다'라고 표현하는 겁니다. 이런 사랑은 좋은 만큼 괴로움이 뒤따르기 때문에 고통에서 벗어날 수 없습니다. 이처럼 이성 간의 사랑은 내가 바라는 대로 됐을 때만 좋아하는 욕망의 다른 표현이에요.

우리가 인간관계를 맺을 때는 당연히 서로 도움을 주고받습니다. 이성 간의 사랑도 줄 때 받을 것을 전제로 하고 주기 때문에 장사하는 것과 같은 심리가 되는 거예요. 그래서 자꾸 밑진다는 생각이 듭니다. 연애를 하거나 결혼 생활을 해보면 자꾸 손해 보는 것 같고, 그러다 보니 자꾸 '장사 그만할까', '거래 끊을까' 이런 생각이 드는 거예요.

하지만 거래는 거래라고 분명히 인식을 해야 합니다. 그러면 상대에게 미움이 안 생겨요. '내가 이익을 보려고 하듯이 상대도 이익을 보려고 한다'라고 분명히 알기 때문입니다. 아예 이렇게 거래라고 분명히 알면, 오히려 상대를 이해하기가 더 쉽고 훨씬 더 건전한 관계가 될 수 있어요. 하지만 연애와 결혼생활에서 본인은 거래를 하면서, 상대에게는 자꾸 사랑을 요구하기 때문에 문제가 생기는 겁니다.

물론 애초에 거래가 아닌 사랑을 했다면 상대를 미워할 이유가 없겠죠. 그가 어떻게 하든 그것은 그 사람의 인생이고, 내가 그를 좋아한다는 사실에는 변함이 없으니까요. 그가 나를 좋아하든 안 좋아하든 아무 상관이 없습니다. 그가 나를 좋아하는 대가로 내가 그를 좋아하는 게 아니니까요.

하지만 요즘 사람들 대부분은 거래하는 마음으로 상대를 선택해요. 설령 거래하는 마음으로 상대를 선택했다 하더라도, 그것은 본인의 선택이었기 때문에 자신이 책임을 져야 합니다. 마치 망해가는 회사의 깡통 주식을 좋은 주식인 줄 잘못 알고 선택했다면, 주가가 떨어져도 내가 그 손실을 책임져야 하는 것과 같습니다. 자기 선택에 책임을 질 줄 알고 그 책임을 중요하게 여기면, 그 어떤 상황에서도 상대를 미워할 일은 없습니다."

사람을 만날 때 어느 정도로 마음을 열어야 할까요

"저는 사람을 만날 때 어느 정도로 제 마음을 열거나 경계를 해야 하는지 모르겠습니다. 그래서 항상 사람을 만날 때면 복잡한 마음이 드는 것 같습니다. 마음을 너무 많이 열었다가 실제로 마음을 다쳐본 경험도 있어서 굉장히 혼란스럽습니다. 제가 어느 정도로 마음을 열어야 할까요?"

"일단 너무 경계하면 의심병에 걸릴 것이고, 너무 믿으면 속게 되겠지요. 그 기준을 정할 수는 없습니다. 그러니까 스스로 연습을 해야 해요. 믿어보니까 약간 지나치다 싶으면 경계를 해보고, 또 경계해서 지나치다 싶으면 다시 믿어보는 식으로요. 이 두 가지를 조금씩 다 해보는 거예요. 이렇게 두 번, 다섯 번, 열 번 해 보면, 경계와 믿음의 양쪽 균형을 적절하게 조정할 수 있을 겁니다. 스스로 그것을 체험해야 합니다. 여기에는 정해진 기준이 없으므로 질문자가 경험해보

면서 결정해야 해요.

그러나 남의 말에 혹해서 잘 따라가는 사람에게는 주변에서 '경계하라'며 주의를 좀 줘야 합니다. 사람을 못 믿는 사람한테는 '믿는 자에게 복이 있나니'라고 말해줘야 하겠지요. 그런 말은 치우침을 시정해 주는 것일 뿐, 믿으면 무조건 좋다거나 경계하는 게 무조건 좋다는 뜻은 아니에요. 그러니까 늘 자기 체험을 통해 믿음과 경계의 균형을 잡아야 하지요."

"그러면 제가 믿기로 결정을 했을 때 그에 따른 결과는 오로지 제가 감당해야 하는 건가요?"

"네, 내가 선택했기 때문에 그래야 해요. '내가 믿기로 결심했다'는 말은 안 믿어지지만 억지로 믿어보려고 한다는 뜻입니다. '저 인간을 못 믿겠지만 인물도 괜찮고 돈도 좀 있는 것 같으니까 버리기는 아깝다. 그러니까 한번 믿어보자' 이렇게 자기 욕심 때문에 믿기로 결정하는 것뿐이에요.

우리의 정신작용을 굳이 나눠본다면, 절반은 이성적 작용인 생각이나 사유에 해당되고, 나머지 절반은 마음이나 감정에 해당된다고 할 수 있습니다. 생각과 이성은 의식에 바탕을 두고 마음과 감성은 무의식에 바탕을 두기 때문에, 이성적인 것은 결심하거나 조율하는 게 가능하지만 감성적인 것은 결심하거나 조율하기가 어렵습니다. 왜냐하면 감성적인 것은 무의식에 바탕을 두기 때문에 통제가 안 되고 나도 모르게 일어나거든요. 그래서 알아차리기를 해야 해요. '내가 화를 안 내겠다'고 결심할 게 아니고 화가 날 때 '내가 지금 화가 나는구나' 하고 알아차리는 것입니다.

상대를 싫어하지 않겠다고 결심한다고 해서 싫어지지 않는 게 아니잖아요? 그것은 이성의 통제를 받지 않고, 그냥 딱 보면 싫은 마음이 무의식적으로 쑥 올라오기 때문이에요. 그러니까 다만 '아, 내가 지금 싫은 감정이 생기는구나' 하고 알아차리기만 하세요. 알아차리면 진정되는데 도움이 됩니다. 이것은 참는 것과는 성격이 달라서, 안 되더라도 내가 하겠다고 결심을 했던 게 아니기 때문에 자학증세가 안 일어납니다. 그러니 고치려고 하지 말고 우선 알아차리기부터 하세요. 일단 '아, 내가 지금 약간 경계하는 마음이 일어나는구나', '아, 내가 지금 무조건 저 사람 말을 믿고 싶어 하는구나' 이렇게 알아차리세요. '그렇게 하지 말아야지!' 이렇게 자꾸 결심을 할 게 아니라 알아차리기를 하게 되면, 우리에게는 심리적으로 자정 능력이 있기 때문에 갈수록 좋아집니다.

알아차림이란 자각입니다. 우리가 잘못을 자각하면 고쳐지는데, 누가 야단을 치면 이성은 잘못한 걸 알아도 마음에서는 받아들여지지 않습니다. 그렇기 때문에 안 고쳐집니다. 믿어지는 건 그냥 '믿어지는구나' 하고 알고, 안 믿어지는 건 그냥 '안 믿어지는구나' 하고 알아차리기만 하면 됩니다. 믿으려고 노력할 필요는 없는 거예요."

남을 사랑하는 일이 왜 나를 위하는 일인가요

"언젠가 스님 강연에서 '남을 사랑하는 일이 곧 나를 위하는 일'이라고 하셨는데, 살다 보면 그게 진실인지 의문이 들 때가 많습니다. 그 말씀의 의미를 설명해주시면, 앞으로 봉사하며 살고 싶은 저에게 큰 도움이 될 것 같습니다."

"질문자가 '그 사람 참 착실하다'며, 다른 사람을 잘 봐주면 누구한테 이익이에요?"

"저한테요."

"누군가를 사랑하면 그 사람이 좋아요, 내가 좋아요?"

"제가 좋아요."

"그래요. 사랑하는 것은 아무 부작용이 없어요. 사랑받으려다 안 되니까 미움이 생기는 거예요. 여러분이 누군가를 미워하는 것도 상대가 나를 좋아하지 않아서가 아니라, 내가 상대를 좋아하지 않아서예요. 이렇게 우리는 사랑도 거래를 합니다. 베풀지도 않고 받으려는 것은 도둑놈 심보이지만, 베푼 만큼 돌려받으려는 것은 장사꾼 심보예요.

인물, 가족 관계, 학교, 직장 등 온갖 것을 다 따져서 결혼해도 부부 싸움을 왜 할까요? 나한테 얼마나 이득이 되는지 계산하느라 그래요. 그렇게 온갖 것을 다 따져서 결혼했는데 이득은커녕 손해만 봤다면, '괜히 결혼했네. 헤어지는 게 낫겠다' 이런 마음이 들겠죠. 이건 장사인 겁니다. 사랑하려면, 장사하지 말고 밑지는 것도 각오하라는 내용의 책을 예전에 낸 적이 있습니다. 처음에는 제목을 '사랑 좋아하시네'라고 지었는데, 출판사에서 그런 제목은 안 된다며 '스님의 주례사'로 바꿨어요. 그러나 그 내용을 요약하면 결국 '사랑 좋아하시네. 그건 장사야'예요.

장사를 하면서 사랑이라고 포장하면 인생이 괴롭지만, 처음부터 장사라고 인정하면 문제될 게 없어요. 오히려 더 면

밀하게 살피게 되고, 나중에 적자가 나도 나의 선택에 대한 책임을 지니까 상대를 미워할 필요가 없지요. 자동차 주식이 오를 것 같아서 투자했는데 폭락하면, 자동차를 미워할 게 아니라 내가 손실을 감수해야 하잖아요. 이처럼 어떠한 경우에도 상대를 미워할 필요는 없어요. 상대에 대한 미움은 내가 내 인생에 대한 책임을 지지 않기 때문에 생겨나는 거예요.

연애는 좋아하는 감정이 핵심입니다. 거기에는 나이도 국적도 중요하지 않습니다. 그저 좋아하는 감정만 있으면 돼요. 같이 살지 않으니까 생활습관 때문에 충돌할 일도 별로 없어요. 그러나 결혼은 같이 살기 때문에 생활습관이 맞아야 오래 지속될 수 있습니다. 그리고 결혼은 서로의 이익을 따지는 관계예요.

누가 저더러 '우리 남편은 매일 술만 마셔서 문제예요'라고 한탄하면, 저는 속으로 '그 남편은 술먹는 것 외에는 장점이 많은 남자인가 보다'라고 합니다. 단점만 있으면 애초에 그냥 헤어졌지, 뭐 하러 저한테 묻겠어요? 술 마시고 주정한다는 단점이 있지만, 그에 못지않은 장점이 있기에 헤어질

지 말지를 고민하는 거예요. 그렇게 힘들면 헤어지라고 하면 알겠다고 하는 사람도 있지만, 아이는 어떡하냐고 묻는 사람도 있어요. 아이 걱정을 한다는 건 아직 이익 볼 게 남아 있다는 뜻이에요.

대부분의 사람들은 사물의 한 면만 보고 판단하지만 사물에는 앞과 뒤, 좌와 우, 위와 아래 등 다양한 면이 있습니다. 그 전체를 다 볼 줄 알아야 나중에 어떤 결정을 해도 후회하지 않습니다. 내가 이기적인 행동만 일삼는다면 사람들이 나를 싫어하겠죠. 다른 이에게 어느 정도 이익을 줘야 상대도 나를 좋아하고, 장기적으로도 나에게 이롭습니다. 이렇게 조금만 깊게 생각해보면, 남을 사랑하는 일이야말로 나를 위하는 일이라는 사실을 잘 알 수 있습니다."

사랑에는

옳고 그른 게

본래 없습니다.

상대에게 맞추는 것이

최고의 사랑입니다.

이 책의 기획은 2018년에 출간된 〈힘내라 청춘〉 개정판을 준비하면서 시작됐습니다. 법륜 스님과 군 장병들이 주고받은 대화를 담은 포켓북 〈힘내라 청춘〉이 많은 독자의 공감을 얻으며 꾸준한 인기를 누렸고, 발간 이후에는 일반 서점과 도서관에서도 누구나 쉽게 접할 수 있도록 더 큰 형태의 책으로 내달라는 요청이 계속 있었습니다. 또한 복잡다난한 현실 속에서 살아가는 청년들의 이야기도 궁금하다는 의견도 많았습니다.

독자들의 이러한 요청에 부응하여 〈나는 괜찮은 사람입니다〉를 출간하게 되었습니다. 이 책은 〈힘내라 청춘〉에서 많은 청년들이 공감을 표했던 내용 6편과 함께 2016년부터 2019년까지 4년간 법륜 스님과 청년들이 나눈 즉문즉설 가운데 가장 공감이 높았던 질문을 중심으로 엮었습니다. 자아존중감, 우울감, 진로나 인간관계 등 개인적 문제와 함께 코로나19 시대를 극복하는 지혜와 4차 산업혁명, 미래사회에 대한 준비, 환경적 삶의 이야기도 담았습니다.

법륜 스님의 즉문즉설은 묻고 답하는 대화 속에서 자기 문제를 스스로 자각하여 풀어가는 장場입니다. 즉문즉설은 질문자와 스님의 대화로 이어가지만, 어느 순간 청중과 스님이 화답하는 공감의 장이 되어 질문자뿐 아니라 함께 듣는 참가자의 고민도 해결이 됩니다.

책이라는 정해진 형식과 분량에 맞추어 즉문즉설의 내용을 줄이고 다듬다 보니, 현장의 감동과 분위기를 그대로 전달할 수 없어서 아쉬움이 남습니다. 지면의 제약을 보완하기 위해 즉문즉설의 현장감을 살려서 청중과 대화할 때는

'청중'이라고 표기했습니다. 그리고 질문의 내용에 성, 이념, 지역, 직업의 특성이 강하게 들어간 경우는 보편성과 공정성을 해치지 않는 범위에서 수정하였습니다.

오늘날의 '청년'은 한마디로 정의하기 어렵습니다. 청년들은 20대와 30대가 다르고, 남자와 여자가 다릅니다. 경제적 배경뿐만 아니라 문화도 다르고, 서로의 관심사 또한 천차만별입니다. 그러나 한 가지 공통점은 모두들 힘들어한다는 점입니다. 특히 코로나19 사태 이후에 사회가 급변함에 따라 자기 자신과 불확실한 미래에 대한 불안감이 나날이 커지고 있습니다.

법륜 스님의 즉문즉설은 한 생각 돌이켜서 이러한 불안감에서 벗어나는 불법佛法의 원리를 쉽고 명쾌하게 설명합니다. 청년들이 이 책을 읽고 단 한 사람이라도 불안감에서 벗어나, 지금 이 자리에서 자유롭고 행복해지길 발원합니다.

2020년 11월

편집부

나는 괜찮은 사람입니다

초판 1쇄 발행 | 2020년 12월 20일
초판 9쇄 발행 | 2024년 01월 05일

지은이 | 법륜

펴낸이 | 김정숙
기획편집 | 이상옥 박선희 손명희 전은지 정현숙 한숙 홍다연
디자인 | 톡톡
마케팅 | 조은서
제작처 | 금강인쇄

펴낸곳 | 정토출판
등록 | 1996년 5월 17일 (제22-1008호)
주소 | 06652 서울특별시 서초구 효령로51길 42 (서초동)
전화 | 02-587-8991
전송 | 02-6442-8993
이메일 | jungtobook@gmail.com

ISBN 979-11-87297-26-0 03810